建筑师带你去旅行

激情 西班牙

张沁薇　编著

辽宁科学技术出版社

沈阳

U0733417

图书在版编目（CIP）数据

激情西班牙/张沁淼编著.—沈阳：辽宁科学技术出版社，2009.9
（建筑师带你去旅行）
ISBN 978-7-5381-6008-6

Ⅰ.激…　Ⅱ.张…　Ⅲ.建筑艺术-西班牙　Ⅳ.TU-865.51

中国版本图书馆CIP数据核字（2009）第131690号

出版发行：辽宁科学技术出版社
　　　　　（地址：沈阳市和平区十一纬路29号　邮编：110003）
印　刷　者：北京地大彩印厂
经　销　者：各地新华书店
幅面尺寸：145mm×210mm
印　　张：8
字　　数：212千字
出版时间：2009年9月第1版
印刷时间：2009年9月第1次印刷
责任编辑：张乐
封面设计：吴娜
版式设计：李仲
责任校对：侯立萍
书　　号：ISBN 978-7-5381-6008-6
定　　价：35.00元

联系电话：010-88382455
邮购热线：010-88384660
E-mail:lnkjc@126.com
http://www.lnkj.com.cn
本书网址：www.lnkj.cn/uri.sh/6008

这是一次对城市与建筑的认知之旅，地中海之畔的西班牙，既有着深受伊斯兰文化与文艺复兴思潮影响的古典建筑，近年也兴建了大量新颖前卫的现代建筑，当然，更有着璀璨斑斓又独树一帜的艺术文化。

无界景观设计工作室的几位同行的朋友，曾花了半年多的时间，查阅了大量的资料，反复筛选，终于确立了参观与游玩的各个目标，制定了经济、效率的行程线路。他们打算自己组团，委托旅行社代办签证、订好酒店、用车，其间还安排了几日自由行。在临近出发前的半个多月，我恰巧能够在春节期间多请几日假，于是加入他们，一行12人同赴西班牙之旅。

回来之后，我根据此次旅行的行程，重新整理了旅行考察笔记，依次记录了旅途见闻。我主要侧重于对建筑作品和城市环境艺术的赏析与阐释，并适当穿插一些个人认识与评介，也包含了很多著名景点的游览经历，有趣的花絮及巧遇，还提供了住宿、饭店等优化选择，当地出行、观光消费的实用经验及建议；每日行程合理完美的安排；充分利用时间的诀窍；餐饮最佳去处推荐；购物与娱乐的地点、消费水平等有关西班牙旅行的最新资讯。

很多年前，当我大学毕业刚刚工作的时候，有人问我，你退休以后想做什么？我根本没想过那么遥远的将来、充满多变的未知，记得当时就是很顺溜地答曰：旅行、码字。

不知不觉很多年过去了，曾经与友人聊天，又一次被问到，退休以后你想做什么？经历过许多世事无常与沧海变换，心底的那个愿望，似乎还没有被淹没，又清晰地浮上来，于是再次答曰：旅行、码字。

虽然所谓退休的将来，比从前要近了，但时代的发展，使得我的未来似乎更加不可预知，连现实也变得难以让人把握。一位友人说过，"只有不停地接受新事物，享受不同的新鲜文化带来的冲击，才能够有活着的感觉。"不再拖延，不再期盼，在有限而未知的生命进程里，即刻着手自己喜欢又想做的事情。于是，以后的每次出游，我都要记录下其中的点点滴滴，让旅行积攒的心气和能量，使平淡、平凡、平静的日子有滋有味地继续着。

回顾整个西班牙之行，巴塞罗那是精彩的高潮，它不负"阳光之城"的美名，在那停留的6天时间里，阳光给足了我们面子。难怪许多经验之谈都认为，没去巴塞罗那，简直不能算去过西班牙。在整理文稿和挑选照片的时候，我曾经走过的每一条路，到过的每一个角落，都如此清晰、深刻地印在脑海里，恍惚之间，以为自己又回到了巴塞罗那：沐浴着温暖的阳光，吹拂着地中海之风，徘徊在高迪的房子里，穿行在寻找毕加索的深巷中……

这篇流水账似的文字写完之际，我的西班牙之旅才真正结束。感觉能和趣味相近的朋友一起出游，真是一种幸福！这是一次深度与广度兼而有之的游学，也是一次高效、经济、彻底、尽兴、开心，甚至有些疯狂的旅行！我能够坚持在忙碌的工作间隙记录下这次丰盛旅行的方方面面，实在是要感谢曾为这次旅行做了大量前期准备工作的朋友们，让我能够痛快地、彻底地享受一次来之不易的旅行，而同时，也算为自己积累下一点点精神财富。

张沁淼

目 录

第一章　毕尔巴鄂的崛起

第一节 毕尔巴鄂古根海姆博物馆

不到7点我居然就醒了，看来时差在折磨人。起来开窗一看，马路上还是潮湿的，天气情况让人有点担忧。我们住的地方是个四星级酒店，坐落在两条路交叉的街角，面对着这座城市的主要河流——内维隆河。

客房室内的装饰装修、家具陈设、卫生洁具等都简练现代又不失精致精心，淡紫的窗帘与壁纸色彩如出一辙，雅致协调。电视是最新款的宽屏液晶，窗下设一个"美人靠"式的躺椅，让都市里匆忙行走的人有个心灵片刻栖息的舒适角落。走廊与电梯厅里，柔和的灯光根据有人与否自动感应开关，完全是节约能源的考虑。

我利用下楼用早餐的时间，顺便参观了公共部分。大堂的空间非常紧凑，有限宽度的总台提供高效完善的服务，在那里可以免费拿到毕尔巴鄂地图及其他景点游览的介绍。靠近入口部分的一角是个休息等待区，皮制圆弧形沙发与茶几围合成相对独立的空间；旁边错半层高的是一个酒吧，黑白色调相间的家具与墙面，很有现代感。酒吧临着街角，敞开的玻璃窗让里面会晤的客人也可以饱览内维隆河的风光。

Hesperia Bilbao，大堂   Hesperia Bilbao，酒吧   Hesperia Bilbao，餐厅一角

　　早餐过于丰盛了！各种口味的蛋糕西点、法式长棍或全麦面包；各式果酱、黄油、Cheese；新鲜果汁、牛奶、咖啡、巧克力汁、酸奶等，各样的水果切成了漂亮的造型，可惜，这些不能吸引我这个不爱甜食的人，当然还有培根、香肠、西班牙火腿、煎鸡蛋、凉拌的蔬菜等，肯定让人饿不着的。西班牙火腿是特产，腌好了切成极薄的片生吃，味道咸鲜合一，夹在面包中间，入口后令人唇齿生香，朋友中不少忌讳生肉而不敢品尝，我却没少吃，入乡随俗嘛！

　　餐厅的装修也很独到，是红、黑、白三种色彩的搭配、交织。不锈钢的餐台、造型独特的器皿，透明玻璃窗上一个个毛玻璃的装饰块，既可以隔绝外面街道的视线干扰又富有情趣，使进餐的环境也令人赏心悦目。

　　早餐后，开始了一天的参观。大伙集中从酒店出发，这时候我们才注意到酒店的大门，粗看上去很简单的两扇玻璃自动门，没有任何装饰；细看之后，这种自动玻璃门是每扇约2米多高、3米多宽的一整块无框玻璃，滑动起来无声无息、灵活自如。在国内好像没见过这么大的玻璃自动门，同行的一个朋友笑曰："看来简约设计是要雄厚物质基础作代价的！"

　　转到临河的大街，抬头看去，大伙一声惊叹！原来我们住的酒店有着漂亮的临街立面，一个个突出墙外的飘窗，有着赤、橙、黄、绿、青、蓝、紫的彩色玻璃，形象那么鲜明而富有个性；突出于两旁的其他建筑，给城市带来了丰富的景观。

　　古根海姆博物馆就在河的斜对岸，在视野范围之内，但要过去参观，先要走过一座步行桥——沃兰汀步行桥（Volantin Footbridge），它是西班牙本土建筑师卡拉特拉瓦的作品，也是我们计划参观的目标之一。

　　桥的主体结构是一个高14.6米、由直径75厘米的钢管弯成的拱，支撑着4.75米弯曲的桥面。距河面8.5米高的桥面用玻璃板制成，由41片变截面工字钢组成的镀锌钢支架，沿着玻璃桥面的外缘布置，上面是不锈钢的栏杆。

Hesperia Bilbao，临河的立面

沃兰汀步行桥

沃兰汀步行桥,变截面工字钢支架

　　呈完整抛物线形的钢拱，灵巧地坐落在三角形桥墩延伸出来的支架上，上桥既可以有爬楼梯的捷径，也可以从三角形桥墩附带的坡道缓缓走上去，方便老弱残疾人士。桥身全白，线条流畅，简单而富动感。桥上桥下，两岸风光，不同角度酿出别样风景，即使过桥的时间短暂，但过桥人的眼睛不会寂寞……

　　这座桥自建成就成为了毕尔巴鄂的城市地标及旅游驻足的风景点。正当我们在桥上盘桓悠游之时，天空阴云散尽，蓝天透亮，不远处的古根海姆博物馆在阳光下熠熠发光，我们的心情也为之一振。

　　沃兰汀步行桥的南岸，正对着两栋高楼（Isozaki Atea），它们是近年来活跃在国际上的日本著名建筑师矶崎新的作品，他的设计风格以创新、有气魄著称。工地转动的塔吊，表示它们还没有完工，步行桥的南端正加建一段桥面直通到楼内。或许不远的将来，高楼也会成为毕尔巴鄂令人注目的新视点。

沃兰汀步行桥，玻璃板桥面　　　　Isozaki Atea

古根海姆博物馆，北岸边

古根海姆博物馆，西侧

在这个世界上，如果有过"一幢建筑拯救一座城市"的神话，那么，这个神话就发生在西班牙的北方城市毕尔巴鄂。1997年，当一幢惊世骇俗的建筑落成在内维隆河畔，它立刻引起了全世界范围的诧异目光，这就是古根海姆博物馆。

这幢建筑由多个零碎的曲面体块错位、拼镶、堆砌、扭转组合而成，饰以闪闪发光的钛金属面板，呈现出怪异飘逸的形体，似乎是对传统的彻底蔑视、背叛与颠覆。虽然争议四起，但挡不住人们好奇的探求欲望，1998年，该市的旅游人数从26万飙升到100万，让毕尔巴鄂的旅游业迅速涨到了令人难以置信的高度，这座建筑仿佛为长久没有发展、奄奄一息的城市注入了一剂强心针。一时之间，欧洲时尚人士的见面问候语变成了："你去了毕尔巴鄂没有？"这令毕尔巴鄂这座原本默默无闻的城市声名鹊起，甚至连城市的历史都被改写成古根海姆出现之前或之后。

这座博物馆，不仅极大地提升了当地文化品格，也在商业上取得了空前成功，演绎了一段亘古未有的城市与建筑的神话。

附：毕尔巴鄂古根海姆博物馆（Guggenheim Museum，Bilbao，Spain，1997）

设计：弗兰克·盖里（F。O。Gehry）

毕尔巴鄂古根海姆博物馆在1997年正式落成启用，它是工业城毕尔巴鄂（Bilbao）整个都市更新计划中的一环。当初斥资1.357亿美元动工兴建，整个结构体是由美国加州建筑师盖里（FFrank O.Gehry），借助一套v空气动力学使用的电脑软件逐步设计而成。博物馆在建材方面使用玻璃、钢和石灰岩，部分表面还包覆钛金属，与该市长久以来的造船业传统遥相呼应。

博物馆占地面积为24000平方米，陈列的空间则有11000平方米，分成19个展示厅，其中一间还是全世界最大的艺廊之一，面积为3900平方米。这项文化名胜已经吸引许多人前来毕尔巴鄂参观，每年参观的人数从26万人增加到100万人。博物馆活化了当地的经济（巴斯克省的工业产品净值因此增长了5倍还多），也为该市盈率带来新生。

1997年，一座石破天惊的建筑杰作在西班牙中等城市毕尔巴鄂横空出世，它以奇美的造型、特异的结构和崭新的材料立刻引起举世瞩目，被报界惊呼为"一个奇迹"，称它是"世界上最有意义、最美丽的博物馆"。它就是古根海姆博物馆。

作为城市诗篇的建筑，能够将城市中疾走的人群从庸碌的时间中暂时解救片刻，或者仅仅是让我们深呼吸一次，在云淡风清中悦目而赏心，然后幻想夕阳和雨。那些能够将建筑真正作为城市诗篇而书写歌咏的建筑师，在这个时代比真正的诗人还要稀少，一座城市遭遇他们、发现他们、并邀请他们为自己留下吉光片羽，需要的是难得的福缘。

1991年，西班牙北部城市毕尔巴鄂市政府与古根海姆基金会共同做出了一项对城市未来发展影响极为深远的决定：邀请美国建筑大师弗兰克·盖里为该市即将兴建的古根海姆博物馆进行建筑设计。

古根海姆博物馆，北岸近景

　　毕尔巴鄂市始建于1300年，因优良的港口而逐渐兴盛，在西班牙称雄海上的年代成为重要的海港城市，17世纪开始日渐衰落。19世纪时，因出产铁矿而重新振兴，但20世纪中叶以后再次式微，1983年的一场洪水更将其旧城区严重摧毁，整个城市雪上加霜，颓势难挽，虽百般努力却苦无良策。20世纪90年代初，毕尔巴鄂已沦为欧洲籍籍无名的蕞尔小城，若非该市球队在西甲联赛中尚占有一席之地，绝大部分人可能终身无缘闻该市之名。

　　为城市复兴大计，毕市政府决议发展旅游业，但该市历史不长、名头不响、风俗不奇、景色不佳，兼乏名人旧迹，各种可能的旅游资源一一欠奉，如何吸引外埠人士前来观光成为头号难题。多方问计之下，他们终于决定兴建一座现代艺术博物馆，寄希望于欧洲众多艺术爱好者的"文化苦旅"。而纽约古根海姆博物馆向来为收藏现代艺术的重镇，其基金会早有向欧洲拓张之意，双方一拍即合，要将新的博物馆营造成当代的艺术奇迹。

古根海姆博物馆，南入口广场

　　环顾天下，彼时在全世界堪当此大任的建筑师屈指可数，最后双方将目标锁定于洛杉矶建筑师弗兰克·盖里。盖氏的建筑向来以前卫、大胆著称，其反叛性的设计风格不仅颠覆了几乎全部经典建筑美学原则，也横扫现代建筑，尤其是"国际式"建筑的清规戒律与陈词滥调。

　　深受洛杉矶城市文化特质及当地激进艺术家的影响，盖里早期的建筑锐意探讨铁丝网、波形板、加工粗糙的金属板等廉价材料在建筑上的运用，并采取拼贴、混杂、并置、错位、模糊边界、去中心化、非等级化、无向度性等各种手段，挑战人们既定的建筑价值观和被捆缚的想象力。其作品在建筑界不断引发轩然大波，爱之者誉之为天才，恨之者毁之为垃圾，盖里则一如既往，创造力汹涌澎湃，势不可当。终于，越来越多的人容忍了盖里，理解了盖里，并日益认识到盖里的创作对于这个世界的价值。

　　1989年，整整60岁的弗兰克·盖里荣获了国际建筑界的顶级大奖——普利茨凯建筑奖。这时，他已从一个叛逆的青年变成了一位苍苍长者，尽管已功成名就，声誉倾盖一时，但他从来没有停止过向新的建筑可能性的追问，没有停止过向自由深处挺进的步伐。

○ 古根海姆博物馆，西北局部

○ 古根海姆博物馆，西北岸全景

1991年，他开始设计毕尔巴鄂古根海姆博物馆，这成为盖里的"晚年变法"，是他的设计跃升到更高创作境界的重要契机。博物馆选址于城市门户之地——旧城区边缘、内维隆河南岸的艺术区域，一条进入毕市的主要高架通道穿越基地一角，是从北部进入城市的必经之路。

从内维隆河北岸眺望城市，该博物馆是最醒目的第一层滨水景观。面对如此重要而富于挑战性的地段，盖里给出了一个迄今为止建筑史上最大胆的解答：整个建筑由一群外覆钛合金板的不规则双曲面体量组合而成，其形式与人类建筑的既往实践均无关涉，超离任何习惯的建筑经验之外。在盖里魔术般的指挥下，已凝固了数千年的音乐篇章又重新流动起来，奏出了令人瞠目结舌的声响。

在邻水的北侧，盖里以较长的横向波动的三层展厅来呼应河水的水平流动感及较大的尺度关系。因为北向逆光的原因，建筑的主立面终日将处于阴影中，盖里聪明地将建筑表皮处理成向各个方向弯曲的双曲面，这样，随着日光入射角的变化，建筑的各个表面都会产生不断变动的光影效果，避免了大尺度建筑在北向的沉闷感。

在南侧主入口处，由于与19世纪的旧区建筑只有一街之隔，故采取打碎建筑体量过渡尺度的方法与之协调。更妙的是，盖里为解决高架桥与其下的博物馆建筑冲突的问题，将建筑穿越高架路下部，并在桥的另一端设计了一座高塔，使建筑对高架桥形成抱揽、涵纳之势，进而与城市融为一体。以高架路为纽带，盖里将这栋建筑沛然莫御的旺盛生命活力辐射入城市的深处。

博物馆的室内设计极为精彩，尤其是入口处的中庭设计，被盖里称为"将帽子扔向空中的一声欢呼"，它创造出以往任何高直空间都不具备的、打破简单几何秩序性的强悍冲击力，曲面层叠起伏、奔涌向上，光影倾泻而下，直透人心，使人目不暇接，百不能指其一。

古根海姆博物馆，一层最长
展厅展品模型

古根海姆博物馆，中庭顶部的
天窗

古根海姆博物馆，中庭，将
帽子扔向空中的一声欢呼

　　在此中庭下，人们被调动起全部参与艺术狂欢的心理准备，踏上与庸常
经验告别的渡口。有鉴于赖特在纽约古根海姆博物馆设计中对艺术展品不够
尊重的教训，盖里的展厅设计简洁静素，为艺术品创造了一个安逸的栖所。

　　古根海姆博物馆极大地提升了毕尔巴鄂市的文化品格，1997年落成开
幕后，它迅速成为欧洲最负盛名的建筑圣地与艺术殿堂，一时间冠盖云集，
游客如织。博物馆的参观人数在年余间就达400万人次，直接门票收入即占
全市岁入的4%，而带动的相关收入则占到20%以上，毕尔巴鄂一夜间成为
了欧洲家喻户晓之城、一个新的旅游热点。

　　毕市政府赚得盆满钵满、食髓知味之余，随即邀请全世界多位著名建筑
师为其设计各种标志性建筑。古根海姆基金会创造了现代文化奇迹，为博物
馆界留下了一个不胫而走的神话，与毕市政府形成"双赢"。弗兰克·盖里
也由此确立了其在当代建筑领域的宗师地位，并被委托设计纽约古根海姆博
物馆新馆。

在20世纪90年代人类建筑灿若星河的创造中，毕尔巴鄂古根海姆博物馆无疑属于最伟大之列，属于未来建筑提前降临人世，属于不是用凡间语言写就的城市诗篇。

1996年，普利茨凯建筑奖得主、哈佛大学教授、西班牙著名建筑师拉斐尔·莫尼欧对它由衷叹服道："没有任何人类建筑的杰作能像这座建筑一般如同火焰在燃烧。"

这个作品中盈溢的那种暗合于西班牙文化的、既激扬又沉静的诗意，不仅倾倒了全世界的万千民众，也折服了无数对盖里满怀偏见的建筑师。当然，最幸福的应属毕尔巴鄂市的居民，当天起凉风，日影飞去，整个博物馆因光线的流转而幻化出奇异的迷彩，河面微波浩荡，光影上下相逐，整座城市随一栋熠熠闪烁的建筑舞蹈起来的时候，他们是否已淡忘了城市痛苦的过去，不知今夕何夕？

我们飞越千山万水，来到这里，当然不会只看这幢建筑的外观，它内部的空间与收藏的艺术品，也是我们十分关注的。从南侧的广场，经过浅浅的下行台阶，我们走进博物馆主入口。

经过一个宽敞的售票及存包前厅，我们已然置身于那个被盖里形容为"将帽子扔向空中的一声欢呼"的中庭。初看之下，有点迷惑茫然，不知所以。与友人坐在沙发上，细细地打量，朝向中庭的墙壁、天棚、走道、平台、楼梯等倾斜、交错、穿插、扭转，除了上下穿梭的透明电梯在空中划出一条运动的直线，其他的建筑元素呈现出的几乎都是动感十足的曲线；如此诡异复杂的空间形态，带给人的直接感官刺激就是一种难以名状的震撼。

随后，我们依次参观了展室与展品，走完一、二层所有开放的展室、连廊、犄角旮旯和室外可以到达的平台，对建筑内部留下了完整的印象。

古根海姆博物馆，一层最长展厅

古根海姆博物馆，中庭二层坡道连廊

　　整个建筑并不是毫无章法，所有展室都围绕着中庭这个中心轴，依东、南、西三个方向旋转伸展，展室虽然大小不等、形状不一，但室内格局多数规整方正，便于布展与陈列，相对封闭安静的空间又让人能专心体会艺术品，完全满足功能的要求，其中一层伸到桥下的展室长达130米。

　　同层或不同层展室之间的连接，都通过中庭曲折的连廊、倾斜的坡道、悬挑的楼梯、突出的玻璃电梯来过渡，看似凌乱、复杂的表面却暗含着理性与秩序；观摩、参观的线路清晰明朗又不重复，使人感到空间并未被割裂得支离破碎，走在其中，反而使人在任何角度，视觉效果都绝不重复。

　　关于博物馆的中庭，上文的描述应该说比较贴切——"它创造出以往任何高直空间都不具备的、打破简单几何秩序性的强悍冲击力，曲面层叠起伏、奔涌向上，光影倾泻而下，直透人心，使人目不暇接，百不能指其一。"

　　虽然建筑本身由外到内都称得上是一件艺术展品，但其中的陈列内容也不容忽略。展品来自古根海姆基金会素负盛名的艺术品收藏，绝大多数都是20世纪现代派抽象之作，有绘画、雕塑、编织物、照片组合、立体装置、多媒体影像等，形式多种、不一而足。通过博物馆免费简介上的图片，或许可以了解一二。

一楼那间130米长的展室，陈列的是一组用钢板弯曲成不同形状、或环绕围合、或并列弯曲而成的装置，有2米多高，形成的空间好像没有屋顶的房间或走廊，钢板似乎随参观者转动或翻滚，倾斜的壁给走在其中的人或外面环绕观看的人带来不稳定感，不少西班牙小学生在老师带领下游乐在其中。

二楼最大的一间展室，沿四周满墙面是连续的一副巨作，各种黑白照片的组合，照片的大小尺寸不一，内容来自全世界各个时期的人物、事件、城市或乡村的景色等，很多在各种媒体上刊登过，印象最深的是波兰奥斯威辛集中营的犹太人被前苏联红军解救的那几张。

二楼另一间比较方正的展室，展出的是毕加索的一个雕塑作品，入口处是毕加索头像雕塑，其后的展室空间从天花板三面垂下幕帘，中间围着一只羊，幕帘外围通廊的两个角落，也是羊的雕塑。二层走廊上的电脑可以演示这幢博物馆筹划、设计、建设的全过程，其中有不少盖里与当局官员及工程技术人员探讨研究的工作图片。

从简介上得知，三楼是非洲的艺术品，不知为何不开放。

看完展览，我们仍舍不得离去，又围绕建筑的四周继续转悠。南面广场上那个高达24米鲜花修剪的"小狗"，是当初博物馆首次开馆时临时展出的，可毕尔巴鄂人立刻喜欢上了它，并请求留在原处。如今，每年5月，"小狗"都会被重新种植。而北侧水岸边巨大的铜蜘蛛雕塑，是根据一位92岁的法国雕塑家的设计而建成，与博物馆相映成趣，也成为了博物馆的外围标志风景之一。

其实，整个博物馆的基地地势呈南高北低态势，边界并不规整。东侧不仅有穿城的高架桥破坏了用地的完整性，南北地势高低突变之处，更有一条东西走向的城市道路擦着基地南边界，形成一定干扰，当初设计的制约条件

古根海姆博物馆, 蜘蛛

古根海姆博物馆, 西侧坡道

古根海姆博物馆, 广场花狗

古根海姆博物馆, 西侧局部

显而易见。

　　站在桥上，身旁是不断疾驰而过的车流，脚下不时有有轨电车叮叮当当穿梭来往，近前是闪闪发光的博物馆墙面，此时方体会到盖里的设计，对环境的解读之准之深，令人叹服！向东长长延伸到桥下的一层展馆，南侧地形突变之处用凌空架于道路上方的广场和常规尺度的管理用房来实现与旧城的平稳过渡，规避了用地原本的缺陷，挣脱了束缚，巧妙地化解了矛盾又满足了功能要求，桥和路仿佛都成了整幢建筑不可或缺的一部分，化腐朽为神奇，真正体现了建筑师对土地的充分利用与对环境的高度尊重。

　　或许，像盖里这样的天才或"怪才"，他自由狂放、独具个人特征的风格根本就不是常人能够、也没必要模仿学习的，他能够在49岁将近知天命的年纪，毅然抛弃早先已坚持多年的设计风格，在自家住宅改建的小工程上来"研究和发展"自己独特的构思，继而吓跑了一直与他合作的房地产公司，使自己不得不另起炉灶、重建业务，整整5年的惨淡经营。面对艰难困苦，他仍然坚持己见，勇往直前，渐渐获得越来越多的认同，并最终成就大业。

　　盖里这种耐得住寂寞的定力和孜孜以求的执著精神，令人在敬佩、感慨之余又发人深思。

第二节　毕尔巴鄂城市风情

　　午饭之后，我们继续城市的游览。有轨电车饱满的流线形的车头、宽敞整洁的车身，配以翠绿、浅灰与黑的明快色彩，在草地上穿梭来往，传达着现代而富生机的城市信息；河岸公园里喷泉、雕塑、灯饰、游戏设施，甚至座椅、河岸的木制步道等，都经过精心的规划与布置，让人体会到城市的细节被人重视，与内维隆河北岸鳞次栉比、不同时期、不同样式的建筑，共同构筑了一条多姿多彩的水岸风景线。

Sheraton Bilbao Hotel，中文大约应是喜来登酒店，是一对墨西哥父子建筑师的作品，也是毕尔巴鄂 4个五星级酒店之一。简单立方块组合的楼体、凹入的空中平台与掏空的细部处理，给端庄的整体形象带来几分局部的生动，鲜明但不耀眼的墙面色彩，突出了酒店建筑的商业特征。

大堂内，雕塑般的灯饰既起着主导空间的装饰作用，又营造了温暖的内部主色调，而环绕摆放的沙发，则为疲惫的旅客提供一个可聚首交往的亲切空间。从入口通廊进大堂，再到服务总台，几个不同功能的空间起承转合，简单的四方体空间中却有着交错的呼应，高耸的中庭，金色构件支撑着四面透明的玻璃电梯上上下下，新颖又大气。

这个酒店有着大理石装饰的高阔门厅及层次分明的内外过渡空间，周围是宽阔的道路，大片的绿地，开敞的庭院，环境清新舒朗。如果说我们住过的位于街角处的酒店具有都市丽人精巧别致的品格，那么这座酒店无疑暗含着庄园贵妇高雅雍容的气度。

酒店斜对面的尤斯卡尔杜那宫（Palacio Euskalduna），于1999年在老造船厂的原址上修建的，是毕尔巴鄂市的会议中心及音乐厅。这个体型庞大的建筑，有着多种材料装饰的外表，其中一种铁锈的墙面，摸上去却很光洁，一点不像通常铁锈会粘在手上，看来经过了特别工艺的处理。建筑周围的广场、岸边，有不少看不出也猜不到是什么的抽象雕塑，加之广场上伸向空中的管状灯饰，一切都显得有些凌乱，不太喜欢。

有河自然有桥，穿越城市的内维隆河上，不仅有造型轻巧的沃兰汀步行桥和跨过古根海姆的高速路大桥，还有其他许多大小不等、形状各异的桥。

有轨电车

喜来登酒店，东侧入口

喜来登酒店，大堂俯瞰

尤斯卡尔杜那宫，西侧

喜来登酒店

Puente Eusklduna桥

大街的古典建筑

马约尔广场，东南

ERCILLA步行街

Puente Eusklduna也是一座新修建的现代化桥梁，一气呵成的弯曲桥身，人车分行的宽阔桥面，粗壮坚实的工字钢支撑，悬挑深远的遮阳板，从造型、结构、功能分区到材料应用，都令人耳目一新。

离开河岸，我们深入旧城区。虽然20世纪90年代初毕尔巴鄂陷入了没落，但怎么说这个城市也在西班牙海上称霸时代之前就建立了，主要街道两旁都是古典样式的建筑，清晰地折射出曾经的辉煌与繁华，街上来往的行人，与狗为伴的真是数不胜数，晒太阳的Baby、读书的少女，好一份闲适与逍遥，人们享受着现在的富足与安宁。

热闹大街的后面，是个居住区。六七层高的住宅楼，似乎与国内没有明显区别。小区内的公共广场上游乐设施齐备，广场对面有个艺术博物馆，一幢很现代的房子，掩映在树林与草坪之中。艺术博物馆旁边是个静谧的绿色公园，有大片的草地、精美的雕塑。

马约尔广场（Plaza MOYUA）在市中心，也是旧城的地理中心。环绕广场的建筑，差不多都是八九层高的体量，样式是古典与现代兼而有之，色彩更是深浅不一，年代从19世纪至今，看起来却和谐地互为依存。有八条道路呈"米"字形交汇于此，形成广场外侧的环形路，虽然车水马龙好不热闹，但环形路围绕中间的，却是个街心花园。

这个街心花园中心微微下凹，形成了内向的空间感，隔绝了周边的嘈杂，石材铺地与绿化交织，树木、草地、鲜花、喷泉、座椅，营造出闹市中一方恬静的休憩场所，身在其内，有一种舒服与自在感。

从马约尔广场经过一条两旁都是特色小店的步行街，我们来到另一个社区广场，这里四周的房子看起来都是普通住宅，但一座现代造型的教堂却十分抢眼。广场附近大约有个小学，正是下午放学时刻，广场上满是家长与孩子，有休息的、有聊天的，孩子们相互追逐游戏，抑制不住好动的天性，真是一幅生动的毕尔巴鄂市井生活写真画。

一路逛过街巷、广场、住宅区，城市的地下交通也是我们的兴趣所在。在法兰克福已见识了它的摩天楼，这里要拜访福斯特的地下铁。

毕尔巴鄂地铁系统从1990年开始建设，利用城市中心外现有的线路，从岩石中以隧道形式穿过。英国建筑师福斯特在地铁站设计方案竞赛中获胜，承担了市内29个地铁站的设计，这些地铁站以带有福斯特自身标志的单词"Fosteritos"为统一的标识。

地铁入口是个精美的透明玻璃罩子，在街边占用最少的地面与空间，轻易和闹市融为一体。钢拱夹着弧形玻璃，仿佛从地下破土而出的爬虫身

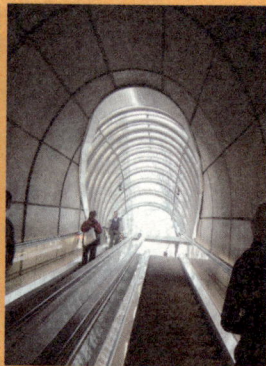

福斯特地铁，Moyua站入口

福斯特地铁，出入口隧道

福斯特地铁，站

体，轻灵干净又动态十足，任何角度都亮丽醒目。这被毕尔巴鄂人尊称为"Fosteritos"，也表达了对建筑师的一种敬意。

从这种如同太空舱的入口乘自动扶梯下去，隧道般幽暗的"异度空间"幻觉之后，豁然开朗的洞穴大厅呈现眼前。整个地铁站的售票厅、进出站口、候车站台、列车通行的轨道，全部都容纳在一个宽拱形的隧道空间里，居然没有任何一根柱子支撑！这使得空间看起来完整、通达又开阔、大气。洞穴足够的高度使得售票亭、进出站的检票口被悬挂在半空中，由从隧道顶部悬下的钢杆构件吊着。乘车的人先抵达半空的售票厅，再通过轻巧而略有点夸张造型的不锈钢楼梯下到侯车站台，垂直电梯的设置也照顾了残疾与老弱人士，电梯还可以通到地面马路上，考虑之周到，理念之超前，令人惊叹！

内部的装饰，极尽简约素净之风格，仅限于混凝土、玻璃与钢三种材料，预制的清水混凝土面板精细光洁的程度，使得装饰的墙面与天棚有着石材般高贵效果。钢结构的支撑与悬吊杆件，不锈钢扶手与玻璃的连接点，反

福斯特地铁，Sarriko站

沃兰汀步行桥

　　映出技术的先进与工艺的精湛；地面上不可避免的井盖，也是洁净闪亮的不锈钢材料，同时印上地铁的标志，细微之处体现了设计的精心。站台上的不锈钢坐椅、照明灯饰、广告栏、站名牌、电子显示器、垃圾桶等设施装饰，也不乏造型艺术的装扮，沉着冷静的外表又透着点点滴滴前卫而浪漫的气息。

　　乘坐地铁，也是体验的一部分。站内时刻表显示的列车到达时间十分准确，红、灰和黑色彩搭配的车身，与地面有轨电车的色彩互为呼应，很鲜明很有设计感的效果。车内整洁鲜亮，扶手、天棚都是不锈钢的，座椅是树脂材料的，列车运行平稳且几乎听不到噪声。西班牙语的报站虽然听不懂，可门上方的电子显示灯清楚地闪烁着指示下站的站名，肯定不会使你错过站的。

　　这是当今世界最先进也最摩登的地铁，虽然站内毫无莫斯科地铁里那样深厚古老的文化传承，但舒适、便捷、高效、干净、时尚的运行环境，让人们的日常生活也成为一种美丽而愉悦的经历。倘若每天上下班搭乘这样的地铁，不开车也无所谓了。

地铁站在地面的样子，虽然以圆玻璃爬虫状的最具代表性，通常在最拥挤的市中心地带，但不同环境中地面站与周围广场结合，入口也有各种方盒子造型，只要是三个粗细圆环的红色标记，都代表福斯特地铁系统。这些造型不同的地面站，材料严格地只限于混凝土、玻璃与钢。

天色渐渐地暗淡，一天的参观即将结束，我们依然要走过沃兰汀步行桥回酒店。这座桥的灯光也经过精心设计，使之成为夜色里的明珠。徜徉在桥上和水边，欣赏桥的夜景的时候，发现平整岸边专门有突出河面的拍摄之地，敢情是专为我们这种夜游人准备的，真好。

小贴士

1. Hesperia Bilbao酒店，AD：Campo Volatin，28/Tel:(+34)944051100/E-mail:hotel@Hesperia-bilbao.com/网址：www.Hesperia.com　根据我们拿到的地图，这是包含市区一星到五星级酒店中离古根海姆较近的，也是方便参观、景观最好的，如果去毕尔巴鄂，推荐。标准客房70欧/晚（通过旅行社订，侧街的房间，对外及正面临河的房间要贵一些。）

2. 古根海姆博物馆开放时间，周一休息，周二至周日，10:00am—8:00pm，票价7.5欧/人。20人以上的集体票每人7欧，配专人讲解的门票10欧/人。博物馆内有免费资料提供，也有免费的语音解说（英文）。门票全天有效，可以在一天内多次进入。博物馆商店里的纪念品种类很多，有书籍、明信片、文具、玻璃器皿、模型等，但价格不菲，一对玻璃杯9欧。

3. 古根海姆博物馆旁边有个标"I"的信息中心，里面有免费地图及各种旅游资料，地图很清晰，重要的、值得游览的地方都标明了，建筑都是立体图印在上面，很容易辨认。其中一种徒步游的资料比较好，画出了旧城游览的线路及图片介绍，这种Informationg在火车站附近、机场也有。

4. 毕尔巴鄂的地铁共有4条线，其中2条是福斯特地铁，称为L1、L2。这些线路都延伸到很远的郊区，实际老城区也就在5—6站的范围内。毕尔巴鄂实在是个步行就能游览的城市。地铁票价按区划分：A区内1.25欧/人次，A到B区1.4欧/人次，A到C区1.5欧/人次，当然有多次票可买，大约是0.5折。地铁站内有各种免费的关于地铁运行的时刻表资料可拿。

5. 城市的道路网是方格状的，间或有几条呈45度的斜路，每个路口的建筑在一二楼之间的高度上有明显的蓝色路名标牌，很清楚，绝不会辨不清方向的。

第三节　探幽彩色树林

　　今天游览的目的地都在郊区，虽然昨夜小雨淅沥，一早醒来天空也是阴云翻滚，可早饭后却云开雾散了，欧洲的天气也是如此多变啊！阳光明媚最适合郊游，上车出发。

　　贯穿市中心的内维隆河将这个城市分成了传统和现代两个部分。河南岸是老城区，昨天走过的大部分城区和街道，地势相对较为平坦，在河岸北边的新城区则是连绵起伏的山地。登上北区城市的制高点，旧城一览无余地展现在我们眼前。

城市俯瞰

古根海姆博物馆显而易见是视觉的聚焦之处，阳光下它是那么耀眼，空中俯瞰的效果，更像一艘头顶莲花的客轮，停靠在静静的港湾，这是城市起死回生的灵丹妙药，"整座城市随一栋熠熠闪烁的建筑在舞蹈！"

缓缓流淌的内维隆河、河上每一座桥、南北岸的建筑尽收眼底，沃兰汀步行桥、矶崎新的两栋高楼、五星级的酒店、尤斯卡尔杜那宫，都能清楚地找到。忽然，一大片空旷绿地吸引住了我们的目光，地陪介绍说，这里以前是个炼钢厂，拆除之后改建为城市公园，只留下一根孤零零高耸的烟囱，提醒人们不忘逝去的历史。

从毕尔巴鄂开了半个钟头的车程，我们就来到了风景如画的Laida海滩。就可以到巴斯克省内最出名的"彩色树林"（Painted Forest，在Oma区）去走一走。彩色树林的奇特之处，就在于它是"活"的！原来，当地有个出名的画家阿格斯汀（Agustin Ibarrola），每隔几个月，就会上这儿来，将这里的树林当做画材，拿起画笔，把整片树林精心打扮一番，所以这里的图案可常常在变的噢！

当同行的朋友把这片彩色树林列入我们行程之中时，除了能在脑子里不着边际地想象一番，我没有任何图片或多点儿的文字能描绘这是个怎样的地方。

几十公里的盘山公路过后，Laida海滩出现在前方，大西洋的海水蓝得深沉，沙滩安静地躺在群山环抱之中，这就是毕尔巴鄂著名的度假海滩。此时远未到旅游高峰期，沙滩上只有稀少的几个游人与零星的几幢小木屋，海滩一片安详。司机与地陪以前也没来过彩色树林，好在车上有GPS定位系统，对照我们的地图兼沿路打听，又向山里行驶了十多分钟，来到了一处乡村停车场。

—○ Oma区，乡村咖啡馆

　　平坦的山谷里青草葱郁，各种植物、树木种类繁多，一派欣欣向荣的景象。灰墙红瓦的石头房子是个咖啡馆，外表朴素而内里却不乏情调。指示牌上标明离彩色树林还有3.5公里，需耗时45分钟的路程，不再耽搁时间了，我们向山上继续进发。

　　山路弯曲但算不上陡峭，压实的砂石路面，其实小车还可以再向上开的，但我们的大车只能止步不前了。我们头顶艳阳穿行在林间，温和的山风徐徐吹来，脚下是绵延的山谷与田野，乡村的清新泥土气、枝头绽开的粉嫩花骨朵，处处都暗暗地浮动着淡淡的幽香，我们实在没想到在毕尔巴鄂能与大自然来一次亲密接触。

　　我们继续不断地向上攀走，沿路隔一段都有明显的标牌告知我们离目标的距离和需要的时间，与人的中等行走速度很符合。山路渐渐变陡，人也开始出汗了，算是对体力小小的考验。到达一小块平缓的地方，路牌显示还有250米需耗时5分钟，但剩下的路突然变成了山沟里向下的羊肠小道。

　　这个山涧里的路是比较陡峭的，加之前夜的雨和树林的遮挡，地面的水没完全蒸发，很是湿滑。我们不时需要绕开路中间的大小乱石块，有时甚至要在两旁土坡之间交替爬上跳下，还必须抓牢路旁的树枝或树干，很有些惊险，消耗的时间可远远不止5分钟。不知道彩色树林到底如何，是否值得这样费时费力担风险，我们几个人心里都有这样的疑问，几乎要打退堂鼓了。

感谢我们的地陪，他身先士卒，在最前面探路，同时还不断给大家鼓劲。他第一个到达目的地，立刻呼喊着大声传告："看到了，看到了！"终于，大家都安全走下来了。

这是一片凹在山谷里比较平缓的林地，都是又高又直的松树，树干上涂着鲜艳的色彩，一眼瞧去，不知所云。在树林间穿行，地面突出的石块上标有箭头，顺着箭头方向观看，心下释然。

彩色树林，路牌

彩色树林，友谊的纽带

彩色树林，婆娑起舞

彩色树林，秋波流转

彩色树林，七色时光

　　原来，所谓彩色树林，是画家在不同的树干上涂抹不同色块或线条，少则由一两个树干前后重叠，多则由数棵粗细不等的群树左右组合，人须站在箭头所指的特定角度，才能全面地看到一幅色彩连续组成的完整画面。

　　一个又一个不同的视觉效果呈现眼前，这些抽象的概念画，画家所要表现的主题、意义就凭各人的想象与猜测了。　一侧是天边飘浮而来的流云涌动，另一方向又仿佛婆娑起舞的婀娜身姿。那些朦胧的影子，似乎在树林里伏兵百万。

　　只有我们几个游客怀着惊讶又兴奋的心情，细细体会这种人工与自然相结合的独特艺术。静谧的树林，清新的空气，缤纷的色彩，闪耀的阳光，枝头的鸟偶尔一声清脆的鸣叫，加之一个个画里隐藏的那些跳动的精灵，这是个充满了新奇而神秘的意味所在。让人身体清爽，脑筋转动，浑身舒畅，令人流连。

　　这一次寻幽探秘的远足，果然不虚此行！

○ 会展中心

○ 桑迪加航空港，入口全景

○ 桑迪加航空港，候机楼侧面

下午，我们参观了城市的门户——桑迪加航空港。汽车穿行在内维隆河北边的新城区，盘旋上下，又一次感受到滨河山城的地质风貌。沿河谷里分布着不少大型的造船厂，船坞、龙门吊、起重机等机械设备，正是毕尔巴鄂工业的最恰当注解。新区也坐落着无数"国际式"的现代建筑，路过一个大型的会展中心，外表的材料新颖鲜亮，现在还几乎没人出入，看来刚刚建成，估计不久也将热闹起来。

桑迪加航空港（Scndica Airport），也是沃兰汀步行桥的设计者，西班牙本土建筑师卡拉特拉瓦（Santiago Calatrava）的另一个作品。

随着科技的飞速发展，各领域的劳动分工与知识分类都越来越明细，建筑工程方面也不例外。但卡拉特拉瓦是近现代世界建筑史上屈指可数的几位集建筑、结构和雕塑等各种工程、艺术才能为一身的巨匠，以桥梁结构设计与艺术建筑闻名于世。他认为美态能够由力学的工程设计表达出来，而大自然之中，林木虫鸟的形态美观，同时亦有着惊人的力学效率。所以，他常常以大自然作为他设计时启发灵感的泉源。

桑迪加航空港的整体造型就像一只振翅欲飞的白色雄鹰，轻轻伏在绿色山顶，等待时机作出惊人的一博。既有冲天而发的动势，又不缺乏牢固的稳定性，这种象征意义的造型，对飞机场这样的交通建筑，有着恰如其分的注解。

其实这个机场规模不大，远比不上国内许多省会城市的机场，只有8个登机桥，一条跑道夹在两个不算太高的山谷之间。航站楼位于城市一侧的弯曲入口，上、下层分别是出发与到达车辆的停靠点，流线简单清晰。上层大厅是公共区、餐厅和安检，拱起的三角形屋顶、如动物骨骼般的屋面钢梁，在空中划出优美的弧线，纯粹的技术也富有艺术表现力，让出行的人们不会在单调与无聊中打发等待的时间。

桑迪加航空港，停车楼

阿班多火车站前的广场

　　航站楼对面的停车楼也很独特，四层横向伸展的大体量却被巧妙隐藏在高起的绿地后面，"犹抱琵琶半遮面"，只给人一弯浅月的秀美印象，而在地下航站楼与之连接的通道两侧都是大片绿地，真是一座设施现代又环境优美的机场。

　　晚饭之后，我们直接去了阿班多火车站。这个位于市中心、19世纪建造的火车站，也已被列入了改造计划。漂亮的大型玻璃壁画，代表着它的过去，不知在将来的新车站里是否还能再看见它？

　　偌大的火车站，实际是郊区城铁与火车合用的，多个站台中只有两个是停靠长途火车的，我们的夜班火车除了车头，只有3节车厢，外表看上去与国内的也没什么区别。上了车，卧铺包间却是另一番景象，两人一间，上下铺，床比较宽，上铺上面的空间比较高，别说坐直腰了，跪直都没问题。床铺对面是洗漱台，洗漱台下方藏着登高去上铺的踏板，旁边一个圆桶状物体，旋转门打开，居然是淋浴间，还有热水。

毕尔巴鄂印象

　　回想整整两日的毕尔巴鄂之行，穿梭往来在新旧城区及周边，这里有中世纪的古老痕迹，有上世纪遗留的深厚工业基础，更有着令人眩目的现代文明。

　　超然卓绝的古根海姆是经济振兴的领跑先锋，城市因此有了新的传奇。那曲线生动、富有活力的形体，仿佛是长远航行旅途中停靠港湾稍事休息的轮船，期待着更辉煌的前途。飞驰的福斯特地铁、简单流畅的沃兰汀、展翅欲飞的航站楼，还有市内经常看到的工地与转动的塔吊……城市的潜力被最大限度地调动起来，呈现出勃勃的生机。

　　加快步伐的同时，毕尔巴鄂也不忽略城市的细节。它不嫌弃自己的过去，懂得如何尊重与继承发扬，从大到小的公共设施都不缺乏设计的元素，旧城被整治得井然有序、赏心悦目。当然，还有许多目前没有被广为人知的新想法，在暗地里加紧筹划。

毕尔巴鄂在路上，迈着大步，向前奔跑。这座不大的欧洲城市，让人与时尚和美丽碰撞，更令人懂憬惊诧的未来……

夜色渐浓，灯火闪烁，火车缓缓启动，带我们驶向下一个目标城市——西班牙首都马德里。

城市的工地

小贴士

1. 从市区坐车去彩色树林，路途单程耗时1个多小时。如果是自己爬山，的确如标牌所示，要40多分钟，下山回来也要半个多小时，时间上要安排妥当。

2. 市内的公共汽车也很新很宽敞，车站都有行驶线路图，站牌上有时间显示，很准的。

3. 西班牙的火车票价可不便宜。从毕尔巴鄂到马德里700公里，卧铺票价78.43欧/人，比住酒店贵多了，主要为节约时间考虑。

4. 桑迪加航空港离市区只有10多公里，机场有地铁，坐到Casco Viejo换L1再2站地即到市中心马约尔广场。

5. 西班牙人午饭的时间是下午2点，晚饭要到8点以后才吃，通常饭馆都晚8点开始营业。我们的中餐馆是"杭州"，地点：De Rekalde, 17 48009 Bilbao 电话944737035。味道还不错，尤其海虾，又大又新鲜。

6. 毕尔巴鄂小知识

毕尔巴鄂市(Bilbao)是西班牙北部城市，位于内维隆河口，距比斯开湾17公里，是仅次于巴塞罗那的全国第二大港口。毕尔巴鄂市人口112万人，面积417平方公里。该市为西班牙国家的主要金融、商业和社会中心，位于法国和西班牙交界处的大西洋沿岸，是由10个城市组成的城市群。

该市原为航海人集落点，以出口铁矿石和制造铁器闻名，14世纪起为羊毛出口中心，18世纪通过与美洲的殖民地贸易，城市得到繁荣发展。毕尔巴鄂市位于铁矿区中，为全国最大的钢铁和化学工业中心之一，还有造船、电工器材、纺织等部门，海洋捕鱼业发达。毕尔巴鄂地处深河湾口，能接收从阿斯图里亚斯矿区运来的煤、从比斯开矿区运来的铁，再将它们输送到世界其他地方。毕尔巴鄂是一个十分重要的港口，西班牙几家邮运公司都有总办事处设在那里，西班牙的一家大造船厂也在毕尔巴鄂。

第二章　印象马德里

第一节　马德里半日行

经过一夜的行驶，火车在早上7点半准时抵达马德里城北查马丁车站，此时天刚蒙蒙亮，下到站台，回看我们的列车，小小吃了一惊，昨晚上车时还只有3节车厢的短火车已经魔术般地变成了"长龙"，看到后面车厢牌子标明的起点与终点，明白是夜间停靠中间站时不断加挂上的。想来这样中间站的旅客可以提前上车，等车来了只要挂上就OK了，又省时间又节约能源，还便于管理，自有先进之处啊。

早餐就在车站门口的便利店解决，供应的品种很多，我毫不犹豫地选了油条、面包和热巧克力汁，油条味道和国内的相差无几，可长相要精致得多，有粗细之分，细的口感更加酥脆，沾着热巧克力吃，这是西班牙人典型的早餐食物和吃法，明知热量极高，我却难挡美食当前的诱惑。

来接我们的车已经等着了，早饭后虽然天色还未完全放亮，我们已经开始一天的游览。

我们首先来到马德里欧洲门（Puerta de Europa），它是由美国建筑师设计，1990年开工，1996年建成。两座塔形写字楼。楼宇倾角15度（超过了意大利比萨斜塔的12度倾角）。两座楼的楼顶可同时停4架直升机。关于"欧洲门"名字的来历，比较权威的说法是：在西班牙人心目中，传统意义上欧洲的中心在马德里以北的法国巴黎，此建筑位于马德里市区北部，通往巴黎的公路贯穿此"门"，所以被称为"欧洲门"。

欧洲门

　　据说每栋楼倾斜的下方能容纳千人避雨，我们到达的时候，可惜没下雨，就不好辨别这句话的真伪了。由于时间太早，晨雾还没有散开，让两幢高楼显得有些朦胧而失却了原本挺拔的威武气概，其下的城市道路车流滚滚，公交车站上人们很有秩序地排队等候，马德里人重复开始了普通一天的生活。

　　我们到此一游式地看完欧洲门，下个目标是"快而好快餐店"（El bulli FastGood）。

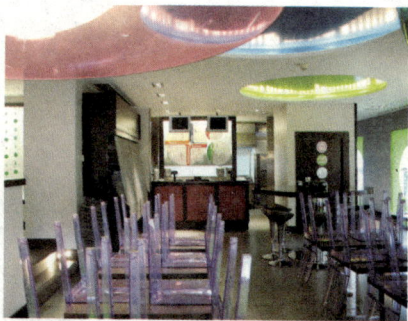

○── 快餐店室内

　　"好的东西不一定是昂贵的"，快餐店创始人ADRIA这么说道。这是个著名设计快餐店，创始人称得上西班牙的"食圣"，他倡导饮食的作用除了基本的生理需要，重要的还是人与人的沟通交流。

　　我们找到这里的时候，还不到上午9点，而快餐店营业的时间通常是9点半开始。我们只能在店外转悠，通过玻璃窗向里张望，店堂里面的设施装修轻盈通透，窗明几净，颇具现代气息，因为时间关系，可惜我们无法进一步体会其中的奥妙和"快而好"的食物滋味了。

　　西班牙历史上曾经有过短暂的共和制及几十年的弗朗哥专制，在毕尔巴鄂就曾听地陪介绍说西班牙人多数也住在集中式的公寓里，除了开发商，政府也十分注重住房建设。2005年，由政府投资、荷兰MVRDV事务所在马德里桑其那罗地区新建成的集合住宅（Edificio Mirador），就是我们此次必须拜访的地方了。

　　这是位于城郊的一大片住宅区，周围空旷，人烟稀少，就像国内的一些开发区刚起步的样子，有一趟公交车路过，已经建成的住宅都是九、十层高，而这栋色彩鲜明、体型庞大、高度达二十多层的房子真是"鹤立鸡群"！

Edificio Mirador 住宅

Edificio Mirador 住宅

Edificio Mirador 住宅空中庭院

涂料装饰的红色部分是楼梯或公共走道，清楚地反映了交通流线，而外表的黑、白、灰分别是石材、金属板与马赛克三种材料，每种材料墙体背后都是不同规模的居住单元，一幢大楼就是个密集型的多元社区，独创性与复杂性兼而有之。

半空中的大方洞实际是个公共观景大阳台，地面是人工草坪，走上去很柔软，两侧的玻璃栏杆有近一人的高度，足够安全，但这样的通透却让人有些畏惧而不敢靠近。风很大，虽然红色暖调子的楼梯小品调节着这里的气氛，但孤傲、空漠、寂静主宰着这个空中庭院，有种冰冷的华丽，缺乏居住的舒适与亲切感。而且我们上来，也是由工作人员带领，专门拿了钥匙打开这个空中庭院的，看来平日这里并不能随意被楼里的住户使用。这种名义上追求所谓的"邻里交往"的空间，实用意义式微，未免有点做作。扎实理论基础所导致的创新实践，未必就一定符合当地人的心理需求，且实际操作管理模式如何适应，也值得进一步探索。

可以肯定，这一定不是西班牙富人的住所。

伯纳乌体育场，局部

我们的旅行计划里本没有伯纳乌体育场（Estadio Bernabeu），好心的地陪在我们经过它时特意安排在这里停留一下。大名鼎鼎的皇马主场，能容纳8万人的专业足球场，就挨着大马路边，四周都是城市道路，似乎没有足够的停车场。于是我好奇地请教地陪，被告知曰，比赛的时候，一侧的道路被封闭当作临时停车场，我们完全可以想象得到，8万人涌动的景象该是多壮观。

球场外围看上去都是粗壮坚实的柱子，高高地支撑起一层层看台，每个柱子间下端都是疏散的门，每隔一段还有电梯从上面直接降到地面，球场四角的圆柱形旋转坡道，使人习惯性的思维以为是停车楼，但走近方知它们也是每层看台疏散人的通道。看来，8万人的聚集之地，一旦有什么不测，预防的安全措施相当周密。

不是比赛的日子，这里人烟稀少，外围的柱、梁是平整的清水混凝土材料，朴素冷静的表面让人难以与足球的火暴和皇马的奢豪发生联想。走在这钢筋水泥的丛林旁边，想起那句"铁打的营盘流水的兵"，一代大师齐达内已经退役，引领时尚的贝克汉姆远走美国，外星人罗纳尔多又回了巴西老家，天才少年劳尔是否也"廉颇老矣"……多少国际足坛的顶尖人物曾在这里叱咤风云笑傲江湖，现如今，"风流总被雨打风吹去"，只有这座球场岿然不动，并仍将目睹更辉煌的荣耀。

55号门旁是纪念品销售商店，一行人欢天喜地冲进去，可惜里面不让拍照。

美洲酒店（Hotel puerta, Avenida de America）是位于城东的一座五星级酒店，这座酒店的特别之处，从外观、周围庭院、公共大堂、餐厅、酒吧到地下停车场，甚至每一层的客房，都是由世界不同地区、不同国家的知名设计师分别来做建筑、环境、室内装修及家具设计的，使得酒店从

美洲酒店，背面

美洲酒店，薄膜覆盖

大楼整体到内部房间等的细微之处，都富有鲜明而个性的特征。

大楼颜色鲜艳的外表，由柔软而富韧性的一层薄膜伸拉覆盖，膜的表面还印着世界各国的文字来装饰，中文也在其中，一眼就看到"名字在燃烧"等字样，不知是否就象征着酒店的国际性和多元化？

公共区域的环境宽松简单，暗藏的灯散射着柔和的光，很温馨的格调。但这种简约的深处却可以体会到设计在细部的匠心，这种表面波澜不惊的别致与精心，遍布每个角落。

酒店的安全措施很严格，不是住店的客人是不能上楼的。地陪热心地帮我们联络大堂经理，他送给我们一份酒店详细的图文资料DVD，有了这份宝贵的资料，我们也可以体会一番每层客房的不同设计风格与样式了。

午饭之后，我们继续游览，马德里的城市地形也有点山地般的起伏，但要相对平缓一些。主要道路比较宽，毕竟是300多万人口的首都，街道两旁的建筑，很多规模庞大，气魄自不是毕尔巴鄂能与之相提并论的，样式也是现代与古典兼有。

西贝莱斯广场的邮电大楼

西班牙广场，塞万提斯碑

西班牙广场，马德里塔楼

路过西贝莱斯广场（Plaza de Cibeles），广场东南的马德里邮政局，是一幢华丽的哥特式大楼，也是马德里标志性景点之一。

西班牙广场（Plaze de Espana），它的正中央立着文艺复兴时期著名的西班牙文学大师、《堂·吉诃德》作者——塞万提斯的纪念碑。纪念碑的下面是堂·吉诃德骑着马和仆人桑丘的塑像。塑像的后面喷泉如注、白鸽飞翔。在塞万提斯碑的正后方，是两座百余米高的摩天大楼——西班牙楼和马德里塔楼。

马德里塔楼，它建成于20世纪50年代，设计者是欧塔梅迪兄弟。虽然现在看来，这幢楼并无特别过人之处，但在当时，它却已经是规模相当罕见的高层建筑了。

这里是马德里最有代表性的地方之一，它包容了人们对西班牙的很多幻想。许多年前，慕杨绛之名，我专门买了她翻译的人文版《堂·吉诃德》来读，依稀记得塞万提斯的自序中提到因书掀起的热潮，中国皇帝都要邀请他去的言谈。如今中国早没了皇帝，而来自中国的我们，也算与文学巨匠面对面了。

游人不多，阴沉的天气，让这里多了几分凝重的氛围。走到纪念碑下，身着古装的作者，清瘦的面孔，深邃的眼睛，在战争中失去的左臂，被雕刻家巧妙地用披风掩盖，右手拿着他的名著《堂·吉诃德》，不知又萌发怎样的奇思妙想。碑前方是骑着瘦马的堂·吉诃德和紧随其后的仆人桑丘的铜像，骑士高举长枪策马向前，仆人似乎有点底气不足，但他们依然无惧无畏地奔走世界、拯救八方，继续着他们荒诞不经、忍俊不禁的传奇……

西班牙最不缺的是艺术家，文化体验，看画展不可以忽略。马德里的普拉多美术馆也是我们计划内的重点游览地。

普拉多美术馆（Museo del Prado）始建于1785年，是一座新古典式风格的建筑，原先作自然科学馆用。以后几经沧桑，于1819年改作绘画博物馆，通常与巴黎卢浮宫、伦敦的大英博物馆并称为世界三大博物馆，亦是收藏西班牙绘画作品最全面、最权威的美术馆。从中世纪直至20世纪末的整个西班牙艺术发展史，可从普拉多的收藏得到完美地反映。此外，这里也收藏了不少诸如意大利和法国等外国画派的艺术品。数量虽然不多，但质量却很高。

西班牙画家葛雷柯（El Greco）、委拉斯凯兹（Velazquez）、哥雅（Goya）三人的作品在这里最多，他们在欧洲绘画史上帮西班牙开创了一片新天地。

○普拉多，葛雷柯，手放在胸前的骑士像

附：

葛雷柯（El Greco，1541—1614），出生在希腊，在意大利习画，后移居西班牙的托雷多。因未能获得国王的青睐与赏识，失去了做宫廷画家的机会。他可以称为神圣而疯狂的宗教画家，同时也是一个肖像画圣手。是西班牙近代绘画的开拓者。

《手放在胸前的骑士像》，这幅肖像画被视为西班牙骑士的形象代表。五官端正而又相貌堂堂，纤细的手放在胸前，神情中流露出表心耿耿

○ 普拉多，委拉斯凯兹，宫女

的意愿，庄严的气氛里又有种苍白。

《天使报佳音》，以圣经故事为题材也是这里许多绘画所表现的主题。

委拉斯凯兹（Velazquez, 1599—1660），是17世纪西班牙画派的大师，也是西班牙文艺复兴时期杰出的画家。他偏爱以自然写实的方式表现强光下的物体，技巧细腻。1623年，委拉斯凯兹成为宫廷画家。他的作品可以领导之后两三个世纪的"前卫艺术"，如自然主义、印象派及意大利未来主义的美学理念，实不愧为画坛各流派艺术的开拓和奠基者。

《宫女》，是普拉多的镇馆之宝，这幅画被认为是画家最细腻、最精练的作品，是世界上伟大的绘画作品之一。

　　构图上画面被分成四个水平线，7个垂直线，以两个侍女和侏儒为构图三角，小公主居中。前景是侏儒与睡在地上的一条狗，背景右侧是修女同侍役在谈话，左侧是胸前戴着荣誉十字勋章的画家本人及他的画架，后墙的镜子倒映着王与后的形象，而房间外一位朝臣正窥探室内情形。

　　虽然画面人物众多，却井然有序，透露着亲切自然的气氛。色彩更加强了构图的线索，小公主着精细裁剪的白色绸袍，与侏儒的起皱深色袍子互为对照，恰如美与丑的对比，宫女们中间色的灰衣及其他人的黑色，在周围形成一个阴影，使小公主中心人物格外显著。

　　这幅画被誉为画家写实技巧的颠峰之作，完美捕捉到一个独立的时刻，一个稍纵即逝的场景，让观者身临其境，目睹皇家生活的片段。

○ 普拉多，哥雅，裸体的玛哈

○ 普拉多，哥雅，穿衣的玛哈

哥雅（Goya，1746—1828），西班牙著名的浪漫主义画家。早年作过宗教壁画，为皇家织造工场设计过挂毯。1780年被举为皇家美术学院院士，任宫廷画家。肖像画是哥雅绘画艺术中所取得的最高成就之一。他不仅是西班牙也是世界级的伟大画家，美术史家们认为"近代欧洲的绘画是从哥雅开始的"。

哥雅的收藏在这里是三人之中最多的，他最著名的《裸体的玛哈》与《穿衣的玛哈》也是镇馆之宝。

两幅都是为大贵族琴琼(Chinchon)伯爵夫人玛哈(Maja)画的肖像。据说，哥雅先画好了裸体的玛哈，在皇室当宰相的伯爵看了画，大为震恐，认为画家不敬，有辱自己的伯爵身份，誓言惩罚画家。哥雅闻言，连夜赶制了一幅相同的画，只是让画中人穿上了衣服。

在普拉多，这两幅玛哈并列挂出，让我们遥想当年的宫廷故事。

《1805年5月3日》，堪称美术史上抗议民族压迫、控诉侵略战争残暴的最有力作品。描绘了法军入侵西班牙、处决被他们抓起来的起义者。执行枪决的前一刻，受害人的愤慨、不屈和仇恨，以及他们面临死亡的惊恐与悲哀，对比行刑者的冷漠无情，一种难以名状的恐惧与无助跃于画面。

虽然像他的前辈委拉斯凯兹一样，哥雅大半生也在宫廷中度过，但时代不同，他与封建势力的冲突是激烈的，作品上反映的问题是尖锐的。《理查四世一家》，皇室群像中的14个人，除了隐在暗处的画家本人，没有一个人是真诚可亲、富有生气的。19世纪法国画家戈蒂叶见到这幅画后说："哥雅真了不起，他画了一群用勋章绶带、珠宝绸缎装点起来的白痴和暴发户。"

领略了诸多艺术佳作，在二楼的一个不起眼角落，看到一幅名为"La Gallina Ciega"的油画，我眼前一亮，它与底层、一层绝大多数有关西班牙皇室人物的那种深宫幽怨和以圣经为题材的磨难疾苦的画不同，这幅描绘大自然和青少年的画，画面所传达的那一种清新、活跃的气氛，一扫楼下的那种沉闷凝重，让人顿有如沐春风之感。

看下标牌，作者也是哥雅，于是我坐在凳子上仔细欣赏起来。画面的主体是一群玩着捉迷藏游戏的青少年，置身于大自然的山水之中，远景是轻描淡写的绵延山脉，中景是平静的河流，近景是刚发芽的大树和肥沃的土地，蓝天白云的天空虽占了画面构图的一多半，却丝毫不让人感觉有失平衡，反而给人以无限遐想的空间。

再看那一群人物，从衣着上判断，应该是上流社会的贵族子弟甚至皇亲国戚，虽然在游戏中各人姿势、神情不同，但孩子们个个脸上都是抑制不住的喜悦与欢欣。或许他们平日也被繁冗的礼教束缚着，偶尔一次的郊游，孩童的纯情与人性的本真都毫无保留地释放出来。

画家敏锐地捕捉到这个生动的影像，并将其记录在画布上，虽然笔触看起来没有前面众多作品那样细腻精致，甚至有点稚拙，但松散之间体现出内在的严谨，人物的动作与表情依然准确地显现，加之画面明朗的色彩，整个作品洋溢着一种朴实清新的调子，以及活泼盎然的生机，透过画面传达给观者并令其深受感染，艺术的魅力不就在此么？

这是普拉多给自己留下最深印象、也令自己最喜欢的一幅画，虽然至今也不知到这幅画的中文译名应该是怎样的。

除大部分西班牙画家、画派的作品之外，普拉多也收藏了意大利文艺复兴时期的作品，特别是威尼斯画派如提香(Titian，1480—1576)的绘画。当然，普拉托还收藏了不少欧洲历代大师的绘画，包括伦勃朗(Van Rijn Rembrandt，1606—1669)为夫人画的肖像，以及鲁本斯(Peter Paul Rubens，1577—1640)的名画《美惠三女神》和丢勒（Albrecht Dürer）、波森（Nicolas Poussin）等绘画大师的作品。

○ 阿托查火车站

○ 索菲亚王妃艺术中心

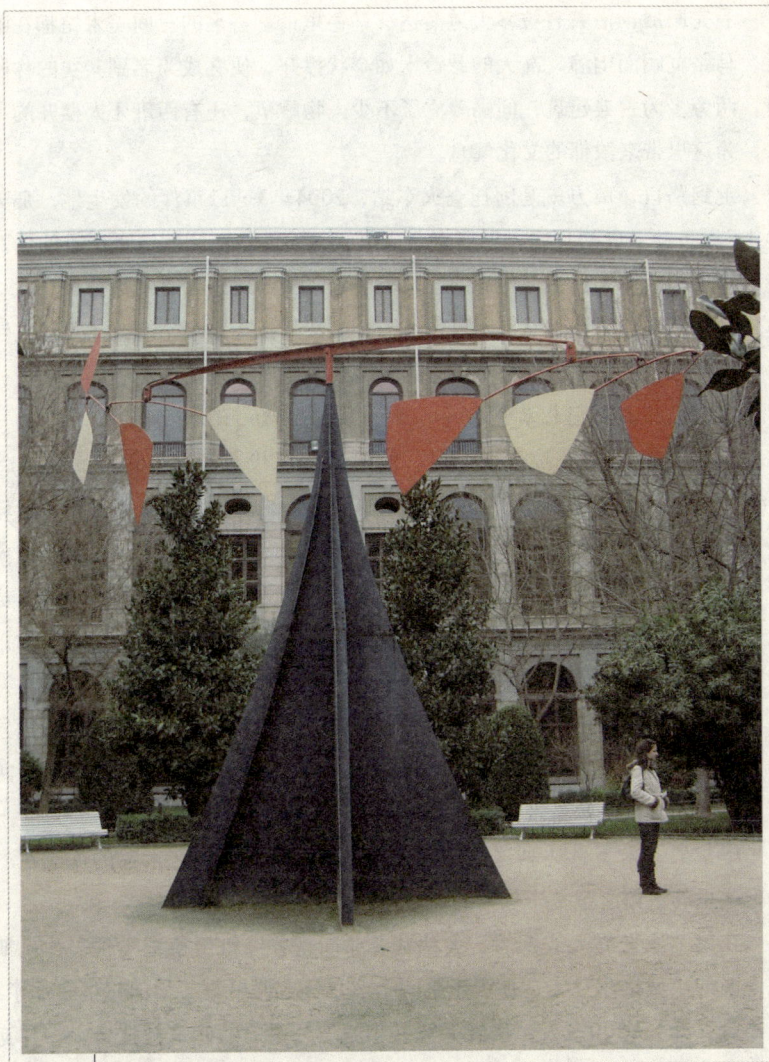

Alexander Calder 的流动雕塑

看完画展,沿着普拉多大道溜达。马德里最富盛名的三间美术馆都在附近。马路宽阔而幽静,高大的悬铃木如伞状撑开,使之成为名副其实的林阴道,两旁多为古典建筑,间隔着立了不少人物雕塑,还有西班牙人摆开的书摊,为这里带来浓郁的文化气息。

走到路口,前方就是阿托查火车站,2004年3·11事件的发生地。那天早上7点多钟上班的时间,巴斯克分离组织"埃塔"在此制造了严重的爆炸案,导致一百多人丧生,伤痛的记忆至今难以从西班牙人心中抹去。

时间有限,"鱼与熊掌不可得兼",虽然阿托查火车站的改建工程也值得参观,但我更愿意去与之一街之隔的国立索菲亚王妃艺术中心。

国立索菲亚王妃艺术中心(Centro de Arte Reina Sofia),由一家建于18世纪末的医院改建而成,收藏的是现代艺术(Contemporary Art),基本上涵括19世纪末到20世纪的西班牙的现代艺术一系列风格上转变,包括超现实、抽象主义、二战后的前卫派(Avant-grade)等。馆藏着重的是西班牙本身的艺术风格在欧洲的艺术风潮下的脉络和发展,尤其是几位世界知名现代艺术家如毕加索、米罗、达利等人的作品,均在本美术馆占有重要的分量,为最不可错过的作品。

这个馆最有特色的地方是内部的四方庭院,草木青葱,中间摆放着抽象的装置艺术品,会朝着风摆动,是Alexander Calder的流动作品,那个四不像的动物青铜雕塑是米罗的抽象符号《月亮鸟》。

毕加索、米罗、达利这三位举世闻名的西班牙现代艺术家的作品在二层,这里的镇馆之宝是毕加索的《格尔尼卡》。

在第二次世界大战期间,大独裁者弗朗哥曾经租用德国飞机轰炸巴斯克地区的小城格尔尼卡,那天正是一个节日,人群聚集,德国飞机轰炸了3个小时,炸死1500多人,伤者无数,小城三分之二的建筑被摧毁,一片瓦砾。西班牙抽象派绘画大师毕加索以上述题材为主题，绘画出著名的抽象派战争题材政治画《格尔尼卡》。

画中心临终惨叫的马，象征着受难的西班牙，马脚下手握断剑死去的士兵，象征被国家至上主义残杀的牺牲者，画左端有个仰天号哭的母亲抱着死去的婴儿，画右端有人举起双手，像是被火焰围困。一个披散着头发的妇女从楼窗中伸出头来，把一盏煤油灯举近马头，好像在给谁指路，她的下面有个人在俯身奔跑，画的上端一盏电灯，据说象征光明——所有这些形象，都是用变了形的重叠起来的"立体主义"的手法画成的。

索菲亚，毕加索，格尔尼卡

这幅画1937年创作于巴黎，画家对这幅怀着愤怒而完成的作品很重视，生前留下遗言，"只有当西班牙建立民主政府的时候，《格尔尼卡》才可以回到自己祖国。"弗朗哥死后，西班牙政府与保存画的美国政府经过五年谈判，1981年才将此画隆重运回西班牙。

这幅画的尺寸很大，约8米长，3米多高，在中央展厅里占了整整一面墙，画前还有栏杆拉绳围着，参观者络绎不绝。相对单一的色彩，更让人体会到战争的残酷。

毕加索在这里的展品，有雕塑、油画、素描等各种形式，风格多为他后期立体派的表现。当然，米罗与达利的作品也是非常吸引人的。

四楼也是现代艺术，有绘画、装置、雕塑、拼贴等，而三楼是声、光、影像等视觉艺术类的展品，可惜只看了四分之一，因为时间关系，我们就不得不遗憾地离开了。

第二节　马德里的美术馆"金三角"

马德里有大大小小的博物馆、美术馆62座，但其中最具代表性的是有美术馆"金三角"之称的普拉多美术馆、提森·波尼米萨博物馆和国立索菲亚王妃艺术中心，这三座美术馆都坐落在普拉多大道附近，提森·波尼米萨在普拉多的街对面，而从普拉多走到索菲亚只需要15分钟。

这三座美术馆在展品收藏方面有各自的侧重。普拉多以最完整、最有分量的西班牙画家作品见长；提森·波尼米萨是德国实业家，这座私人美术馆

提森·波尼米萨博物馆

普拉多美术馆

收藏有800件从13世纪宗教画到20世纪现代艺术的精品，是西洋800年绘画史的完整呈现；索菲亚则强调近现代美术。

几乎所有旅行攻略都提到普拉多美术馆与巴黎卢浮宫、伦敦的大英博物馆并称为世界三大博物馆，也是"金三角"之首。我们原计划只在马德里待一天，不可能把三大美术馆都看到，就只好选重点了。在相对仔细和匆匆一瞥地分别看过普拉多与索菲亚之后，对上述观点我个人产生了不同的看法。

普拉多有着8000多件展品，但真正对外开放的约为1500件，其中虽不乏众多世界名画，但从展品的种类上来说，90%都是油画，题材绝大多数来自宫廷和宗教，基本是人物肖像或反映与人物相关的事件，几乎没有静物、风景类，只代表了西班牙历代王室的爱好，而风格上，又全是写实主义之作。其余10%是雕塑和珠宝，雕塑也是非常精细写实的人体。艺术价值上虽然够分量，但内容和品种其实比较单一，令观者在参观过程中难免有些气闷头晕、易产生审美疲劳。而且能看到的数量，个人以为若与巴黎卢浮宫、伦敦的大英博物馆（虽然自己没去过）相提并论，恐有点言过其实了，起码也比不上莫斯科冬宫里的东西多而全。

反之，索菲亚的展品种类就非常丰富了，且不说毕加索、米罗、达利等人的作品就包含了绘画、雕塑，其他诸如抽象的装置、雕塑、绘画、拼贴以及影像、声音、动画等现代传媒的手法所表现，内容更是五花八门，无所不含。虽然抽象作品表面看来多数不符合传统美学，令人费解，但正是这样，反而能激起人的自身想象力，视觉感受十分新鲜而刺激，甚至听觉上也有多种体会。此外，索菲亚开放的房间数和展品数要比普拉多多，而它们的门票价格却是一样的。

再者，从庸俗的角度来说，索菲亚的毕加索、米罗、达利这三人在国际上的名气和被大众所广泛认知的程度，远在普拉多的葛雷柯、委拉斯凯兹、哥雅之上，而且他们三人的20世纪当代艺术，各自创造了前所未有的艺术世界，独树一帜的风格使得作品完全迥异于前人的创作，是除了西班牙之外很难集中在一起看到的。

所以，从一个普通游客及业余美术爱好者的角度，如果只有参观一个美术馆的时间而要了解西班牙的最具代表性艺术和享受丰富多彩的审美体验，个人以为更应该去索菲亚，除非特别喜欢油画的。如果能去两个的话，最好时间分配上普拉多短点而索菲亚长点。

当然，如果时间足够充裕，这三大美术馆都拜访才好呢！这样就可以看到西洋绘画史的演变，从具象到抽象的过程，尤其是西班牙艺术巨匠在不同时代的表现手法。

论及这三大美术馆的建筑外观，资料介绍也都出自名家之手，但以我自己的眼光，虽然不好意思用"难看"来形容，可觉得实在平庸，难以与它们丰厚的内涵相匹敌，唯一可圈可点之处是索菲亚的清新中庭。或许自己没有围着每个美术馆外面都转一圈，难免以偏概全。

当然，普拉多内部展厅空间高大开阔，古香古色，贵气十足；索菲亚的室内尺度适宜，温馨舒适，二者的光线都很好，非常利于观摩。

我从索菲亚出来，与参观阿托查火车站的友人们汇合，此时已近黄昏，街上的车都打开了夜行灯。虽然我们的计划里没有马德里知名景点的游览，地陪还是尽量安排，带我们去著名的老城区转悠一番。

据说西班牙皇宫是世界上保存最完整而且最精美的宫殿之一。匆匆路过阿拉卡门，远远地看到皇宫，那座18世纪白色大理石砌成的建筑，有着庄重典雅的外貌。而始建于1818年的皇家剧院，体形庞大，让人感觉有些愚钝，似乎缺乏必备的艺术气质。听地陪介绍，这座剧院命途多舛，几次因安全原因而停演返工维修，最近一次重大修复的竣工时间是1997年。

○ 皇家剧院

○ 雕刻装饰的老房子　　　　　○ 充满装饰的房子

马约尔广场

太阳门广场，零公里

老城区的街道多是逼仄悠长的街巷，两旁的房子，也都是古典的样式，有着精细雕花的阳台和窗台，或者用鲜艳颜色图案装饰。路边有用酒杯演奏的街头艺人，只专注于他的音乐，玲珑轻快的节奏与声音伴随，置身于这样的环境，西班牙与生俱来的那种文化和艺术的气息，点点滴滴地浸染着每个过客的眼睛、耳朵和心。

沿街房子的一层多是店铺，卖纪念品、鞋子、时装、食物等好不热闹。透过玻璃橱窗，食品店中摆着琳琅满目的各种肉类，西班牙著名的风干火腿更是日常生活中必不可少的吃食，把这种火腿像挂万国旗一般整齐地悬于高处，着实能够吸引游人的眼球。好一份令人垂涎欲滴的活色生香！

马约尔广场（Plaza Mayor）是菲里普三世在1619年主持修建的，有着独特风格的四方形广场。横向128米，纵向94米，由4层高的建筑围成。在广场中央是菲里普三世的骑马雕像。在建成之后的漫长岁月里经历了3次火灾，又重新修建，直至1953年完成后形成现在我们所看到的样子。以前在周围住户的阳台上经常可以看到奢华的皇家仪式、斗牛以及种种纪念活动，而现在在宗教裁判所曾经施行过火刑的这座广场上，回荡的却是抱着廉价吉他的年轻人们的嘹亮歌声。

可惜，我们来的时候，虽天色渐暗，可远没到西班牙人的晚饭时间，露天的餐桌刚刚摆上，演出舞台还空空荡荡，四周住户的阳台也没有帅哥美女招摇张望，或许我们只有从这些片段痕迹来想象广场热情狂欢的盛况。

太阳门广场（Puerta del Sol）在马德里的正中心位置，有十条道路呈放射性向外延伸。广场有用彩色石子镶嵌的直径约0.3米的圆环，内有利比亚半岛地图，地图中央标有"零公里"字样。全国公路里程都从这里向外计算。太阳门广场是马德里市门牌号的起点，也是多条公交和3条地铁的终点站，卡洛斯三世的雕像在中央，熊爬樱桃树的雕像是市徽。

　　这是个半圆形的广场，到处是商铺。我们来时，正好赶上下班的高峰时刻，10条道路汇来的人潮与车流使得整个广场被喧嚣、繁杂包裹着，让人丝毫没有围合空间的安全感，似乎连立足的脚下都在晃动。找到那个零公里的标记，并拍下一张广场的记录式照片，虽然已经看见卡洛斯三世雕像和不远处熊爬樱桃树的雕像市徽，但都没心情走到近前去细瞧一眼，匆匆转身离去。

　　我们下一项要参观的是国立通讯大学图书馆（University library, U.N.E.D），因距我们晚饭的地点较近，所以被安排在最后。车几经辗转，终于找到了大学的一个旁门，此时天已完全黑了，看路标似乎是单行道，可我们的司机为节约时间偷偷地逆行一段抵达停车场，好在没警察，否则可要给罚惨了。

　　我们在黑暗中摸索，碰见路过的人就上前询问图书馆的具体位置，校园里的人就是文化水平高呀，不仅立时听懂我们不够地道的英语，还清楚流利地告知我们正确的方向，真是幸运。

　　图书馆入口底层就是公共服务区，有存包处、办理借阅手续的柜台等，粗大的圆柱子是清水混凝土的，表面是间隔2厘米宽的竖向线条，结构本身也是种装饰，既朴素又不乏美观。再次地感谢我们的地陪，他积极地与管理人员交涉，最终同意让我们上楼参观，条件是不可以照相和说话，以免打扰里面看书的人。

　　坐电梯直到顶层8楼，来到阅览大厅，通达的空间让人一眼就看明白其中的结构与空间关系。这个外表正方形的房子，除底层是封闭的服务区，底层以上的楼层，中间是个圆形的、直通屋顶的共享大厅，每层周围都是图书储藏架子，架子之间是比较安静的看书角落，而围绕这上下贯通的圆中庭外圈，也布满了阅读的桌椅。

天棚上是方格子网状的构架，呈四锥形由大变小深深伸向天空，顶端架着透明玻璃屋罩，让人能看见天空的星星。正方平面的对角分别是两个轻巧的钢楼梯，直通到一层。论到规模，这个图书馆更类似一间大阅览室！

虽然参观的过程中一张照片没拍，可离开时大家都一致认为，对图书馆的大体结构和功能分区、空间特征、材料运用等都已形成清晰的认识图纸，印在脑子里了。

马德里印象

我们今天住宿的酒店在距马德里市中心20多公里的一个卫星城，晚饭之后车载着一行人向目的地驶去，此时已是晚上9点多了，街上的灯火明暗交替着，两旁是九、十层高的公寓房子，从眼前不断向身后掠去，外表多数是方盒子形状的灰暗实体，恍惚之间，以为自己身在国内的某个城市。

出发之前，曾请教来过西班牙的同学，短信给予的回复是："托莱多值得一去，巴塞罗那多待几天，马德里几小时就够了！"而几乎所有的旅行攻略都认为马德里没什么可玩，建议作为西班牙的第一站，否则，其他城市的绚烂将把它淹没得无影无踪。

回想从下火车时的黎明到黑夜在城市中的穿行，整整14小时，我眼里看到、脑子里记住的马德里，罗列一下所到之处，数量也不算少。除了美术馆里的举世名作，那些雄伟的建筑，经典的景致，大街小巷的广场，综合起来，并没有让人形成一个对首都城市相对完整的特别印象，眼前这些"国际式"的方盒子住宅，更是毫无特色可言，更遑论什么地方风情了。

或许，皇家的贵族之气，民族的浪漫天性，斗牛士的雄浑豪放，足球的酣畅激情……它们是深深掩藏在这个城市没有表情的面孔背后的，需要时间积淀和潜心挖掘才能找到，而非匆匆游客能在走马观花之间体会到的。

小贴士

1. 皇马主场最便宜的门票是25欧，如果不是德比大战或重量级比赛，不计较好位子是不用担心买不到票的。纪念品商店里的东西大约有：足球、围巾、手套、旗帜、T恤、足球明星的模型、文具等，价格比较贵的另说。最便宜的一件T恤10欧，朋友给她老公买的一件稍好的T恤30欧，自己买的一个很普通笔桶2.5欧。

2. 普拉多美术馆

闭馆时间：周一，1月1日、5月1日、12月25日；开放时间：周二一周日9:00am—8:00pm，12月24日、12月31日、1月6日9:00am—7:00pm。闭馆前30分钟停止入内。

门票6欧，学生票3欧（要国际学生证），18岁以下及65岁以上的参观者免票，每周日及5月2、18日、10月12日、12月6日对所有人免费。

3. 国立索菲亚王妃艺术中心

闭馆时间：周二；开放时间：周一—周六10:00am—9:00pm，周日10:00am—2:30pm。

门票6欧，学生票3欧（要国际学生证），周六下午及周日全天免费。

三个美术馆的套票是14欧，不限在一天时间内。所以只看两个，还是单独买票合适。

美术馆都提供好几种文字（包括英文）的免费详细平面图和说明，标明各画家的作品大致分布在什么房间，具体的哪幅名画在什么位置，可以直接问管理员。普拉多没有标明固定的参观路线，但每个展厅在门框与眼睛齐平的地方都标明了房间号；索菲亚每层都是回字形的，一圈走下来既不会错过任何展品，也不会走回头路。

看美术馆，还是适当做些功课好，找重点和自己的喜好看，有的放矢，事半功倍。

4. 欧洲的层数与我国不同，我们的一层在那叫底层，二层是那的一层，文中层数均按欧洲习惯。

5. 美洲酒店（Hotel puerta, Avenida de America）在网页www.rafaluargas.com中能看到更详细的情况，据地陪介绍说曾有中国的旅游团住过，能有机会体会这个酒店，也是不错的选择。

第三节　砖石古城托莱多

托莱多（Toledo）是西班牙最重要的国家古迹，联合国科教文组织已将整个古城定为"世界文化遗产"。托莱多位于马德里西南70多公里处，是卡斯蒂利亚-拉曼恰自治区首府和托莱多省会，距离马德里的车程不到1个小时。

在8世纪阿拉伯统治时期，阿拉伯人、基督徒和犹太人共居此城，托莱多成为"三种文化之都"。基督徒、阿拉伯人和犹太人几百年来生活在一起，给托莱多留下了伟大而珍贵的艺术和文化遗产。托莱多古城地势险峻，建筑在山崖上的城区被泰加斯河三面环绕，由三座古桥通入城区。老城内街道纵横交错，所有风景都在步行范围之内。托莱多古城和巴黎郊外的凡尔赛一样，成为最适合一日游的欧洲城市之一。

阿卡乍堡

　　阿卡乍堡（El Alcazar），坐落在托莱多的制高点上，16世纪中叶时是卡洛斯五世国王的王宫。城堡呈正方形，四角有四个方形尖顶塔楼，其渊源可追溯至中世纪；它现在的外观是16世纪文艺复兴的风格。数百年来，这座城堡刻划着西班牙民族盛衰史的各种印记。1936年爆发的历时三年的西班牙内战，这里也曾是重要的战场之一，城堡四周墙上的累累弹痕，至今依稀可辨。

　　它现在是一座博物馆，十字形的展厅里陈列的是西班牙历代皇室的画像，画像旁有人物、画家和作品的介绍。

　　Museo de Santa Cruz 在16世纪初时为儿童医院，文艺复兴的风格，外面饰以相当多的雕刻和浅浮雕，里面有两个正厅，以较高的回廊和巨大的楼梯来区别主厅，这是西班牙境内包含层面最广的省博物馆之一，其中划分有建筑学区、人文学区和装饰艺术区，最特别的要属葛雷柯（El Greco）的油画收藏，他们提供给研究其艺术的后人一个透视葛雷柯精神的良机。

苏克德贝尔广场

Keyhole

苏克德贝尔广场（Plaza de Zocodover），在阿拉伯时期，这个中心广场是一个大市场，人们在市场上举办各种节日活动和社会活动。现在广场四周都是带有拱廊的楼房，仍是托莱多城人来人往之地。

这广场呈不规则形状，林立着咖啡馆、酒吧甚至麦当劳，还设有游客服务中心，由此可一探真正的小镇生活。

苏克德贝尔广场与对面的Santa Cruz博物馆之间特有的一种门廊，叫"Keyhole"，样式是伊斯兰建筑风格。游客们不断地从这门廊中来来回回，时空仿佛交替变换，恍若隔世。门廊的前前后后，让人能够看出不同宗教曾经叱咤风云的端倪。

这种门廊很多，无论是古代军事防御的Rampart，现代的普通住宅或教堂、博物馆，都是通过一个个的"Keyhole"连起来，不知当初托莱多的建筑师们在设计这种门廊的时候，给它赋予了怎样的意义。

○ 山城俯瞰

太阳门正面

阿拉巴尔教堂

走在盘山路上，可以清楚地看到古城座落于山丘之上，向下俯瞰，山下很大的面积都是红顶的三四层小楼，泰加斯河清澈的水带穿息而过，环绕着褐色的城墙；向上仰望，山上的部分被垂帘般的围墙和高低错落的各式房屋包围着，造就了丰富而多变的室外空间层次。

即使在修好公路的今天，地势落差也是显而易见，小城在历史上曾几易其主，大约也是看中了这样的城市在战争中"一夫当关、万夫莫开"的战略及地理位置的优势吧。

太阳门（Puerta de Sol）是托莱多观光必不可少的一道"名菜"，它建于13世纪，具有典型的阿拉伯风格——高大、宏伟、挺拔。之所以叫太阳门，有两种说法：一是称门上有太阳、月亮的图案；二是称阿方索十世时代星象测量结果，此门位居子午线零度上，从日出到日落，日光总照着此门。

圣地亚哥·阿拉巴尔教堂（Santiago del Arrabal），这座教堂也叫穆德哈尔教堂。这个教堂建于何时尚不确定，可能是在阿方索六世国王执政之时，当时该地原有一个古清真寺，建造者利用原有的结构而建立了一座教堂。其最初的建筑结构中有一座尖塔仍清晰可辨，让人想起穆斯林清真寺的尖塔。

比萨格拉门（Puerta de Bisagra）是进入托莱多老城的正门，建于16世纪中叶，由两个庞大的圆塔和一个巨大的帝国徽章构成，另有一个庭院。这座威严肃穆的大门最初由阿拉伯人建成，卡洛斯一世统治时期重修。在城墙上刻有西班牙文学大师塞万提斯给托莱多的题词："西班牙之荣，西班牙城市之光。"

阿方索六世门（Puerta de Alfonso VI）或名旧比萨格拉门，建于公元838年，是托莱多城穆斯林艺术的完美结晶。马蹄形拱门、叶状窗户以及其他建筑成分在托莱多众多的建筑上随处可见。

比萨格拉门

阿方索六世门

上山坡道，电梯

在这个到处弥漫着中古气息的地方，也能找到现代技术的应用之处。在临河的古城西北角，山势陡峭险峻，上下落差很大。从山下到山上，自动扶梯的登山道与山体牢牢结合，上部深深悬挑出雨棚，雨棚上布满植被，使得整个坡道看起来十分自然地楔入山间，保持了山体的原貌，看来古城在维护与创新上也颇有匠心。

坡道上面，是 Santo Domingo el Antiguo广场，广场尽端是一座Antiguo修道院改建的博物馆，极具特色的花叶形装饰窗和嵌入侧墙的马蹄形拱门，又是典型的阿拉伯风格。

而不远处，哥特式的政府办公楼巍然耸立，不同风格、不同时期的建筑在这里融洽共存着。

古城里，除了一条能走大车的主路，其他都是4—5米宽甚至不足4米宽的小街，蜿蜒错综、纵横交叉、上下起伏。漫步在这些迷宫般的狭窄街巷，脚下是青石板路，幽静的感觉似曾相识，仿佛寥寥人迹的那些江南小镇。只是街道两边出现的，不是粉墙黛瓦的木屋，不是空气中飘散的鱼米之香，不是烟雨中娉婷走过的窈窕女子，而是中世纪异族的教堂、修道院、宫殿和民居。我决定放纵自己迷失在蜘蛛网般的缝隙中，一点一滴，探访各个史迹及隐秘角落，达到艺术文化的极致焦点。

当然，这样狭窄而又陡峭异常的小路，是难不倒当地居民的，这里人人车技高超，且不说在小巷里规避行人、自如穿梭、陡坡停车，我曾亲眼看见一辆大奔在一个狭小又陡峭异常的丁字路口转弯，我和友人还没反应过来，车已十分娴熟地转过，加速而去，留给我们的只是惊讶。走到那个路口，估摸这样小的尺度，换成自己，十有八九是难一次过关的。

说到车，西班牙真是地道的毕加索老家了！从毕尔巴鄂到马德里，街上的毕加索私家车已经司空见惯、俯首皆是，颜色也是多种多样，令人熟视无

小巷与车

○ 大教堂

睹，连出租车和警车都是白色毕加索，仅仅在托莱多这个中世纪的古城，小巷深处也能遇见。

托莱多古城最著名的建筑当数大教堂（la Cathedral），它是西班牙最大的教堂之一，也是西班牙首席红衣大主教的驻地。

作为世界最大天主教堂之一的托莱多大教堂，是哥特艺术的顶峰之作，也是最佳的历史见证。公元6世纪，它是哥特人的宗教圣殿。公元9世纪，摩尔人又改为伊斯兰寺庙。1224年起，改为天主教堂。各种流派的建筑师，在一座教堂内，留下不同时代、不同宗教的烙印。

大教堂正面最突出的部分是由三座门构成的门厅：地狱之门、宽恕之门和审判之门。教堂外部耸立着两座高塔，其中一座是哥特——火焰状的，另一座是哥特——文艺复兴风格的。左侧火焰状的钟楼高90米，上挂一口重17.5吨的大钟，是14世纪时建造，在附近任何一条街巷取90米钟楼的风景，都会是幅美丽的图画。

教堂博物馆（The Museum Cathedra）位于圣坛及隔邻小房间内，在里面你可以欣赏到世界知名艺术家的杰作（Goya、Velazquez、Tiziano、Rubens、Raphael等），其中El Greco的El Expolio更是不可错过的名画，此外还有礼拜服饰、古时的毛织品、装饰辉煌的法典等。

圣马丁桥（Puente de San Martín）建于13世纪，桥头矗立着两座防卫塔，属哥特风格，是游客必到之处。共有3座这样的古桥跨过塔杰河，通往城中。

圣胡安修道院（Monasterio de San Juan de los Reyes）是天主教主为了纪念1476年在Toro城战胜摩尔人所建的，这座在大教堂旁的巨大建筑是托莱多城最高的建筑物，也是后哥特式建筑特别支派的活范本，外观由拱门尖塔及雕刻装饰组成，这座修道院突出的特点是雕饰华丽以及回廊上高超

圣马丁桥

圣马丁桥与圣胡安修道院

的雕刻艺术。

我们逐渐又往中心城区走，阿拉伯、犹太教、基督教样式的老房子鳞次栉比，一种风格凌驾于另一种风格之上，或者不同风格交融，众多的、不同时代的艺术家都在这座古城留下了印记，老房子有些在维修，有些改成了商场，为适应现代生活的需求，还有一座规模不小的剧院，这里的人们同样也在享受着现代文明。

托莱多古城既然被列为"世界文化遗产"，纷至沓来的各地游客让古城的中心地带变得越来越热闹，这里也有着众多的纪念品商店。文学大师塞万提斯的经典小说《堂·吉诃德》就是以托莱多为背景创作的，所以这里的很多店门口都摆放着堂·吉诃德骑士模样的雕塑，随处可以见到有卖骑士的盔甲、刀剑、盾牌和旗帜的纪念品店，这是军事古城的一大特色。当然，各种印着古迹的瓷盘、明信片、工艺品，甚至独具地方特色的首饰和糕点，也吸引着游人驻足盘桓。

虽然城内有着大量精美繁复的古迹名胜，可穿行在那些蜿蜒的小巷，流连于街角屋前，特别吸引自己目光的，更是大量普通百姓的居家住宅。这些房屋的墙面、门头、窗楣、阳台等处，无不是用砖与石两种材料来砌筑与装饰。

这里住宅的墙面是由古旧的条砖与厚重的石材所组成的装饰花纹，虽然色彩上都是灰暗调子，但枯黄、褐色、棕红与青、灰的混杂，呈现出斑斓的视觉效果。不同房屋砖的尺寸、颜色各有不同，砌筑方式有传统横平竖直的，也有斜向排列成花纹的，更有在窗洞四周呈发散状的；而石材，既有精心雕琢装饰于门头、窗户周边，也有碎拼成图案镶嵌在砖墙之间。砖平整的表面与石头粗糙又具天然色彩的纹理相搭配，构成的图案虽质朴素净，却样式繁多、变化无穷，赋予每家每户的房子不同的性格和韵味。返璞归真的装

古城旅馆，砖石墙面

古城住宅大门

饰效果，浓密地凝聚了艺术家与工匠们百余年的想象力与创造力。

徜徉在宽街窄巷，我们陶醉于这种砖石艺术的魅力，屋檐墙角、门框窗楣，细微之处无不流露出这座小城背后所蕴涵的历史价值及文化内涵。砖石之间透着深沉、厚重的底气，并洋溢些许神秘意味的古风，令人不得不感叹这种独特工艺与装饰所带来的美感。

半天的游览，是曲折小径串联起来不同年代、各种风格的博物馆、教堂、广场、纪念品小店、古堡、城门、桥梁与蜿蜒深邃的护城河，虽然没有进到任何一座博物馆或教堂内部参观，它们高度概括、凝聚的艺术文化自不待言，但在这些看似平淡却韵味绵长的民居建筑中，托莱多沉默又厚重、灿烂又多元的文化传承，留下了清晰的痕迹，成为不可忽略的历史见证，成为塞万提斯笔下永恒的城镇，并深深打动自己。

在古城里用过午饭，我们向瓦伦西亚出发。300公里的高速路，预计差不多3小时能到，可司机却走错了路，在马德里外圈绕来转去，花了1个多小时，终于找到了去瓦伦西亚的正确道路。

一路狂奔，两旁是大片的田地，绵延起伏，曲线舒缓柔美，地表居然是由棕红色、土黄和明黄色大小不一的长方形土地组成，与深深浅浅的绿草地交织着，上面有一些零星的、排列整齐的褐色灌木或华盖饱满的绿树。在薄云翻滚、幻化莫定的光线下，变化出奇迷的色彩与景致。

尽管是在疾驰的车上，这种独特的田园风光，引得我们不时按动快门，不肯错失一幅幅美妙的画面。

当天边最后一抹亮色也将消失殆尽，前方星星点点的灯光闪烁，一座大都市的轮廓隐约浮现，瓦伦西亚就快到了，而原本今天顺道去阿尔布法拉自然公园的计划却不得不放弃了。

小贴士

1. 马德里与拓莱多之间，每天有火车和长途汽车来往，路途时间约75分钟。

2. 拓莱多的比萨格拉门、苏克德贝尔广场和大教堂广场分别有为游客服务的"I"，可以拿到免费的地图，这是游览的好帮手。

3. 拓莱多大教堂，开放时间，周一——周六：10:00am—6:30pm，周日2:00pm—6:30pm，门票6欧。

4. 葛雷柯故居及博物馆（El Greco House-cum-Museum），开放时间，周一休馆，周二—周六：10:00am—2:00pm，4:00pm—6:00pm；周日10:00am—2:00pm，门票2.4欧。

其他博物馆大约门票价格在2—4欧，有些周一不开，其余时间与上面差不多。

5. 拓莱多的旅游纪念品虽多，但也是良莠不齐，且价格并不实惠，仔细甄别比较再定夺不迟。

6. 拓莱多古城有一种叫"达马斯奇纳多"的金银箔片镶嵌饰品，是西班牙最著名的工艺。这种把金银丝镶嵌在首饰、枪把、银盘上的古老技艺，是西班牙王公贵族的最爱，在许多西班牙博物馆里保存下来的文物中，都可看到这种手工艺。如今拓莱多沿袭传统，把金银镶嵌应用到现代饰品如耳环、胸针、手镯等上，深受女游客的欢迎，在西班牙的几个大城市的百货公司都有专柜出售。

7. 拓莱多最著名的风俗是圣体节（Santisimo Corpus Christi），复活节后第九周的星期四举行，其来源追溯至800年前，是一个由来已久的传统。其庆祝方式为：一群宗教游行队伍披带缀帷，从大教堂出发，游行于城市内的主要道路，最后回到出发点，这也是一年中唯一的一天，会将陈列于大教堂博物馆、由金银匠 Enrique de Arfe 打造的哥特式镀金银圣像抬出、在大街上游行；为这肃穆仪式增添活泼浓色彩的是不同阶级的军队、工会、大学制服；为忠于旧习俗，游行路线上的街道屋顶均以白遮阳棚装饰，地面上则以花朵和芳香植物点缀；圣体节的傍晚依照传统则有斗牛竞技。

第三章　一座完美的古典与现代城市
——瓦伦西亚

第一节 瓦伦西亚歌剧院奇幻行

　　瓦伦西亚艺术和科学城三座宏伟建筑之一的索菲亚王妃艺术宫（el Palau de les Arts Reina Sofia），又名"瓦伦西亚歌剧院"，竣工于2005年10月，而正式对外开放演出，则是2006年10月。这是当今世界上最新落成、最先进的剧院。

　　来的路上，地陪与当地的朋友电话联系，得知歌剧院周日没有演出，抵达当天是周六，晚上8：30有一场音乐会，具体内容不清楚。虽然我们要在瓦伦西亚住两晚上，但能进入歌剧院看演出并参观，只剩今晚一次机会了，而且是否有票，还不得而知。

　　当我们抵达酒店时，已是晚上7：30，我与另两位要去歌剧院的朋友当即决定晚饭免了。大伙把行李往房间里一扔，跳上车立刻出发。好在离歌剧院不是很远，10分钟后，送大家去吃饭的车顺道把我们放在了距歌剧院最近的路口。

　　我曾在网上查过西班牙歌剧的演出票价，平均约40—50欧，位置好些的大约60—70欧，一路想好，只要有票，不管什么价格，就算是黄牛党的高价票，也一定不放过！如果没有票，也要搅尽脑汁再想办法入内。

　　当我们过马路转弯来到一个宽阔的路口，那座壮丽绝伦的歌剧院身影马上呈现眼前。几十层楼那么高，由两个薄壳交互融合切割而成橄榄形体，上端弯叶状的顶板，从地面向天空划出一道张力惊人的优美曲线，仿佛舞蹈者长袖翻卷的曼妙舞姿，整个纯白色的建筑，在深邃黑暗的夜空中，被灯光装饰得晶莹透亮！

　　完全不是通常剧院的形象，在这样的外表包裹下，一座能容纳数千名观

瓦伦西亚歌剧院

瓦伦西亚歌剧院，入口的桥

众和演员进行各种表演的内部空间怎样，正是我们强烈希望探知的。

尽管事先看过图片，但亲临这里，我们仍然被这非凡优雅的景象所震撼，心情和视线瞬间被爽快地撩拨到了天上，一路赶来的鞍马劳顿与辘辘饥肠，陡然变成了翱翔高飞的自由和舒畅。驻足，举起相机，留下这一永恒的瞬间，随即，情不自禁地发出一声赞叹，"太棒了！"

伴随着一声欢呼，天使降临了！

街头的行人并不很多，大约我这一声感叹，发自内心又有些忘乎所以，或许声音比较高，引起路过我们身旁一对西班牙老夫妇的留步。

"……？"其中的女士对我说。因为注意力还集中在歌剧院上，没听清是西班牙语还是英语，估计是在问我们是否喜欢。我立刻回答：

"Ye！It's beautiful！We like the Theater！"

"……？"女士问道，依然没有听清是西班牙语还是英语，但他们的语气与神情让我猜到了什么意思，立刻接着她的话：

"Ye！We like Classical Music. We want to go there to listen concert. Can you tell us where can we buy tickets？"

"……"还是没听清，但和善的表情、诚恳的态度让我明白他们有富余票可以转让，心一下提了上来，马上问道：

"Tonight？How much？"

"……"从那位女士嘴里吐出的话语让我将信将疑，脸上也是迷惑的表情，我的同伴们也听到了，禁不住追问了一句：

"What？"

"It's free."这一次，我们听得真真切切、清清楚楚，脑子几秒钟的空白之后，巨大的狂喜瞬间涌遍全身。

三人激动地几乎要跳起来，围在他们前面。一阵"Thank you！

Thank you very much！"不知如何表达我们的感激之情。那位女士问需要几张票，明白我们的所求，从她的提包里找出票来撕给我们3张。

票在手中，我们依然激动地难以置信会有这样的好事，夫妇二人就要离开，我立刻举起相机，给同伴与老夫妇二人合影留念。异国他乡，素昧平生，街头匆匆偶遇，得到别人的友情馈赠，如果不记录下这个令人惊异的时刻，不记录下这对夫妇的慈眉善目，自己都无法相信这是梦幻还是现实。

与老夫妇礼貌告别，他们先行一步进剧院了，留下我们还呆立在街角，亦真亦幻，恍若梦境，沉浸在极度喜悦之中，同伴禁不住一次又一次地问："为什么？为什么？他们为什么要送票给我们？真是一对'老天使'！"又忙不迭地把我们的奇遇发手机信息告诉给去吃饭而没来剧院的朋友。

在这座世界上最新落成开放不久的剧院里，能够聆听一场音乐会，亲眼看一看内里构造，仅有的一次机会，而且以这样的方式凤愿得偿，想来比中500万大奖都让人兴奋，使我由衷地感谢命运的眷顾。此时此刻，我真想对着天空大声欢呼："我爱你，瓦伦西亚！"

瓦伦西亚歌剧院，休息厅与天棚

瓦伦西亚歌剧院，楼座后墙

　　一票在手，心里塌实了，开演前我们还有足够的时间来参观这座剧院。与沃兰汀步行桥和桑迪加航空港一样，这又是西班牙建筑师卡拉特拉瓦的鼎力巨作。

　　走过玻璃地灯导向的引桥，东西两侧的平台都可以进入门廊，两侧门廊交汇在中央休息厅，休息厅直通五层楼高，平面呈抛物线悬挑伸向室外，周边环绕的水池，使之如破浪前行的客轮船头，这里也是人们社交的场所。两侧动感十足、曲线优美的大楼梯，倾斜而下的天棚与波浪般扭曲的玻璃墙，仿佛在合奏一曲激扬的交响乐，又一次展示了设计师卡拉特拉瓦技术与艺术结合的高超技巧。

　　环顾四周，来看演出的几乎都是本地人，他们之中80%以上身着正式的礼服，虽然不一定是拖地长裙与燕尾服，但几乎都是熨烫平整而笔挺，形象光彩照人，昭示着西班牙人对这样的文化活动还是相当重视的，而那些一袭明黄服装外披黑色斗篷的检票员，无论男女都帅气十足，更给这里增添了一份骑士的古典风范，比较而言，我们这一身风尘仆仆的旅行装，着实寒酸，真有点自惭形秽呀！

　　进入演出大厅，在领位员的帮助下找到我们的座位，又一阵惊喜，原来我们的票在二层贵宾包厢席，正中稍偏一点，视线良好，整个大厅尽收眼帘，真不知怎样形容我们的心情，送票的夫妇座位隔我们两个包厢，再次上前感谢，并与之交换了名片，原来那位女士是当地一个音乐家协会的成员，以前是个乐队指挥。看来，西班牙也和国内一样，专业团体也有赠票的。

　　放眼打量这个演出大厅，虽然剧院的外观奇特，但内部观演空间还是相对传统的马鞍形及镜框式舞台，底层池座，四层楼座三面环绕，一、二层楼座正对舞台的部分是包厢，但不像老剧院那种鸽笼封闭式，每个包厢容纳6人，包厢之间是半人高的隔断，空间既分割又畅通，完全适应现代人的心理

瓦伦西亚歌剧院，池座与舞台

需求。

　　天花板上一条条优美的灯线，流畅地延伸到舞台口上方，每层楼座栏板都嵌着细细的灯槽，干净简练。剧场的后墙与楼座凌空，由深蓝色碎瓷片装饰，闪烁着一种古典的光泽。当灯光渐渐暗淡，深蓝座椅间的绿色扶手会发出荧光，引导迟来的观众找到正确的座位。

　　整个观演大厅、观众休息厅以及每层外面的环廊、内部的装饰风格都非常现代简洁，细节之处强调材料本身的质感，有关剧院的一些简单说明用文字直接印在粗犷的清水墙面上。虽然表面上一切都显得那么簇新，远没有那些历史悠久的古老剧院高贵华丽的气质，但相信随着时间的推移，在这张光洁的白纸上，这座剧院必将书写辉煌的演出历史，积淀下深厚的文化底蕴。

　　从免费的精美节目单得知当晚的演出曲目，共三位曲作家的作品，第一是西班牙的阿尔贝尼兹（Isaac Albeniz），第三是匈牙利的巴托克（Bela Bartok）的"乐队协奏曲"，中间的是一首单簧管协奏曲，曲作者是1960年出生的现代作曲家（Cesa Cano）。演奏的乐队就是瓦伦西亚城市交响乐团。

　　第一、三位作者自己略有所知，但对这场的作品不甚了解。当演到第二首曲子时，本土作曲家亲自登台与观众见面，对照手中的节目单，明白原来这是此作品的首演。尽管当晚的曲子都不是自己所熟悉的，但这首新作却是我们一致认为最动听的，虽然依旧是古典乐的结构，调性与配器却有着相当新鲜的感受。

　　年轻指挥带领的瓦伦西亚城市交响乐团，虽然水准不及世界一流的大交响乐团，但我们一直情绪亢奋、心怀感恩地在聆听。有关这座剧院的内部照片，目前国内几乎还没有任何一家媒体刊登过，这些都来自那对西班牙"老天使"慷慨的馈赠。

当我现在能够用文字完整记录下这段经历时，我的心情仍难以平静，有时真怀疑那不过是一场美梦，然而一切都真实地发生过。

第二节 瓦伦西亚的"科学与艺术城"

有鉴于美国建筑大师法兰克·盖里设计的毕尔巴鄂古根海姆美术馆，促使西班牙第四大城市毕尔巴鄂起死回生的成功经验，第三大城市瓦伦西亚也寄望借着"科学与艺术城"这项超大尺度的都市开发案与文化建筑，带动瓦伦西亚的城市复苏。

瓦伦西亚市政府委托本地建筑师——卡拉特拉瓦设计了占地面积为35万平方米的"科学与艺术城"（CAS）。这座耗资数亿欧元的项目，号称是欧洲跨世纪最浩大的文化建设工程。

这个综合区包括三个壮观的纪念碑式钢筋混凝土建筑物：天文馆于1998年4月开幕启用，科学宫2000年完成，艺术宫2005年完工。连接三幢建筑的植物园与停车场2001年完成。这组建筑最靠南边地中海侧还有座海洋公园，是由建筑师late Felix Candela设计。

25日上午阳光灿烂，我们早早就来到瓦伦西亚之行的重点——科学与艺术城，还不到9：30的开门时间，但先来的游客已自觉排起买票的队伍。

海洋公园里有一系列人造湖泊和水族馆，仿制来自世界各地的海洋生物环境，展示各样的海洋生物，分时段的有海豚表演，不同场馆的造型也是丰富多姿。今天是周日，西班牙人拉家带口地前来游玩，而我们的目标不在这

科学与艺术城全景

海洋公园一角

里，在门口象征性地拍两张照片后就直奔科学馆。

附：瓦伦西亚之子——圣地亚哥·卡拉特拉瓦（Santiago Calatrava）

瓦伦西亚是一座历史悠久的文化古城，这个由希腊人创建的城市，后来分别被罗马人、阿拉伯人、摩尔人、哥特人统治过，13世纪又成为犹太人的聚集地。但曾经成为皇城的瓦伦西亚后来还是沦为了一个普通农业中心。

20世纪50年代瓦伦西亚开始社会与经济的全面复兴，迅速成为一个新兴工业城市。这一时期的文化与经济、社会与技术的变革，对生于1951年的卡拉特拉瓦的成长过程有着深刻的影响，他以他多学科、跨专业的学识和惊人的想象力天赋，把雕塑、建筑和结构技术完美地结合在一起，是当今世界极为罕见的"多面手"。

"科学与艺术城"及其周边的公共空间是他目前规模最大的作品群。在一片城市边缘地带，沿着一道穿越瓦伦西亚的干枯河床，水成为这片区域设计的基础，拥有起伏曲线和优美弧拱的艺术宫、天文馆、科学宫，从北向南依次矗立在波光粼粼的池塘中央，水的镜面反射，使建筑的倒影或整体安静地在水下呈现，或片段不停地在水面上晃漾，享有"梦幻之作"的美誉。

天文馆与艺术宫

○ 科学宫，北侧

菲利普王子科学宫（Science Museum Principe Felipe）

2000年完成的菲利普王子科学宫占地41000平方米，以树林为设计概念，结构设计巧妙地诠释密林树干，挺拔强硬的纹理清晰有序。与很多传统的大型展览馆相似，博物馆采用一种截面沿着长向按照模数重复发展，形成长241米，宽104米的建筑。5个混凝土树状结构一字排开，支撑着屋顶与墙面的连接处，这些"树"同时容纳了竖向交通与服务管线。建筑的两个端头是对称的，由一系列三角形斜拉构件构成，同时也强调建筑入口的特征。

科学宫的外表极具动感，仿佛无垠大海中冒出的巨型怪兽，虽非张牙舞爪，但交叠、重复的混凝土白色骨架华丽而妖娆，有魔幻般的灵性；另一侧钢架折叠、玻璃交错的构造，也让人眼花缭乱、匪夷所思。这些所构成的形体与图案，淋漓尽致地凸显了科学宫的主题性格——科学需要幻想和创新，一下子就把卡式缘于大自然的设计构思和盘托出。

天文馆（L'Hemisferic；Planetarium）

球形的天文馆被覆盖在一个透明的拱形罩下，罩长110米，宽55.5米。这个混凝土结构的造型及其运作过程十分诱人：在罩的一侧，一个巨大的门上下开启与闭合，露出里面的球形天文馆，就像是一张一合的眼帘。当这种运动反射在前面的浅水池中时，眼睛的联想就更为强烈了。

为了避免与科学博物馆冲突，天文馆的地坪设在地面以下，通过一条下沉的廊道进入，廊道里设有售票厅、餐馆及其他服务设施。

天文馆形象如同一只"知识之眼"，眼睛是人类观察世界、了解宇宙的灵魂之窗，以眼球造型的天文馆作为瓦伦西亚城市复兴的起点，别具新意。南北侧地面上的两扇三角门，是在空中旋转打开的，让人联想起"天方夜谭"中念念有词的"阿里巴巴"之门和门后面的神秘宝藏。里面的眼球设有巨型屏幕，作为天象放映和环视巨幕影院。

可惜当天不对公众开放，不能进入球形馆内参观。资料照片上两侧的玻璃罩子张开，看上去宛如睫毛，很是逼真传神。

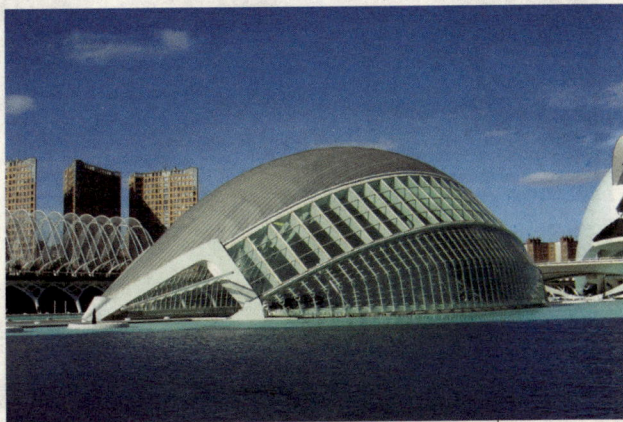

天文馆，东南侧

植物园（the Botanical Garden）

拱顶的植物园长320米，高18米，是座开放性的建筑，它为"科学与艺术城"架构了一座未来都市阳台。底部为白色混凝土建筑的停车场，沿街面使用弧形拱圈，表面以破碎的马赛克砖装饰。顶层白色钢构55座顶拱与54组细弦状的肌肋网架，将19世纪的欧洲流行的冬季公园转化为21世纪的人造与自然共生的复合结构体。

这座纤细如蜘蛛网状的开放性建筑，在地面覆上厚达1.2米的泥土，种满了瓦伦西亚当地的原生树种。爬藤将沿着网架逐年往上蔓延，数年后白色如薄翼般的结构将转化为超大尺度的绿廊。绿廊下提供了幽雅的户外艺廊，6件当代公共艺术恰如其分地镶嵌其间。

○ 植物园内部原生树

索菲亚王妃艺术宫（el Palau de les Arts Reina，又名"瓦伦西亚歌剧院"）

艺术宫整体高度为75米，占地40000平方米，形体由两个薄壳交互融合切割而成。顶端悬吊弯叶状的顶板，挑战地心引力的做法产生了惊人的空间张力。建筑内部有4个表演场所，包括1700座的音乐厅，适合大型管弦乐队、芭蕾和歌剧演出。经营高峰期，歌剧院能容纳4000人。

建筑师为这座歌剧院的设计花了14年时间。"考虑到投入的时间，建筑的规模和涉及音乐演出，这一工程蔚为壮观，也是我花费时间最长的一项"，建筑师说道，"它是观众、音乐家和艺术家的结晶"。

徜徉在这组规模宏大的建筑周边，我们除了惊叹还是惊叹。建筑的白与天空的蓝、水的绿、草木的青，展开一场充满戏剧张力的对话，那些柔美的曲线、复杂的构架、重叠的图形所组成的建筑，既恬静又充满力量，既稳定又富动势，表面的安详与内在的激情之间存在着奇妙的结合。

其中最令我喜爱的还是艺术宫，她犹如来自遥远星际的太空船，经过漫漫长夜，穿越茫茫太空，从天而落，以一种超脱的姿态降临凡尘，带给人间美妙无穷的艺术享受。

来到进入剧院的引桥，这里被拉上了绳索不让入内，连靠近艺术宫的平台也不能上了，再次感叹昨晚的幸运。其实我们只是进入了4个演出厅中最主要、最大的一个，在其上还叠着一个可容纳400人的室内歌剧厅，而两边的室外楼梯、电梯可抵达顶层平台上的半户外剧场，上方悬吊弯叶状的顶板则正好提供了最佳的音响反射。拥有这样一座多功能剧院的瓦伦西亚居民实在是太幸福了。

即使在艺术宫的外围，不同角度总给人带来变化万端的视觉形象。它虽体型宏伟庞大，却像浮在水面上一样轻盈，有着稳固和静止的状态，却呈现跃跃欲动的飞升趋势，两片薄壳的表面，饰以简练、光洁而闪亮的碎白瓷片，无论白天还是黑夜都熠熠生辉，好一份未来世界的意境。

"建筑是凝动的音乐"，这话用来评论卡氏的作品实在恰如其分。从毕尔巴鄂的沃兰汀步行桥、桑迪加航空港到这组"科学与艺术城"，将多学科的智慧融会贯通，在严谨、扎实、理性的科学技术基础上，抒发最富想象力的诗意，创造天马行空的雕塑感，自由、流动的特征从整体到每个细节无处不在，让原本沉重的工程实体幻化成灵巧又不失力度的开放形式，提供给人们实际功用场所的同时，又带来赏心悦目的视觉景观。

这些卓尔不群的建筑，在超越自然的人文创造中，涌动着一股胆识与豪气，在尺度壮阔的震撼与永恒的宁静之间，建筑之美与天光水影交错一起映入眼帘，正如评论家所言："它们不是坐在地上，而是在地上跳舞！"

艺术宫，东侧

艺术宫与桥

第三节　瓦伦西亚经典老城口

当我们游完"科学与艺术城"，已是艳阳高照的正午，周日不少博物馆免费开放，我们一行人又匆匆赶往现代艺术学院。

车沿着图里亚河行驶，路过一座古城门——塞拉诺斯门（Puerta de Serranos），1865年前，瓦伦西亚曾有城墙环绕，现仅剩此城门和库瓦特门（Puerta de Cuart）。塞拉诺斯门建于14世纪，为哥特式的军事建筑杰作。

在车上只能勉强拍张照片，来不及细看。中世纪的城门在绿树葱郁的环抱中有点孤傲，它是否依然停留在抵御外敌、护卫城市的荣耀往昔里呢？

瓦伦西亚因为瓦伦西亚现代艺术学院（el Instituto Valenciano de Arte Moderno，ivam）而在西班牙当代艺术名城中名列前茅。该学院长期收藏胡利奥·贡萨莱斯和伊格纳西奥·毕那索的作品，同时还有当代绘画、照片和现代艺术展览，作品从本世纪初的先锋作品到当代艺术品无所不包。

虽然博物馆免费，但开放时间较平时短，想到已在马德里领略索菲亚艺术中心的现代艺术，时间有限，我与另两位朋友便决定去参观另一座更具瓦伦西亚特色的陶器博物馆。穿街走巷，匆匆而行，于下午2:00左右赶到博物馆门口，但迎接我们的竟是大门紧锁。在门口看到开放时间表，原来周日免费只开放到下午2:00，而不是地陪告知的下午3:00点，我们只能与它失之交臂了，这真是此行最大的遗憾了。

国立陶器博物馆（Museo Nacional Cerámica clez Martí）是15世纪的建筑，原是Marques de dos Aguas侯爵的宅邸，在18世纪得到修整，如今辟为博物馆。从这栋建筑物可见到西班牙洛可可式的建筑风格，其

塞拉诺斯塔楼

瓦伦西亚现代艺术学院

陶瓷博物馆，局部

中以paterna、manises、alcora等瓦伦西亚地方的陶器最多，一些陶器的历史可上溯至基督纪元。另外，博物馆还收藏有古代陶器、中国和日本的瓷器。

我们心有不甘，围着房子转了又转，看了再看，拍了还拍。洛可可本是文艺复兴之后，新兴的资产阶级崇尚享乐、对抗皇权倡导的"忠君"思想，在巴洛克风格基础上延伸而来的一种艺术潮流，讲究轻浮的快感，建筑方面主要体现在室内装饰上。在这幢15世纪的贵族住宅外观上也可探求一斑。

这栋建筑虽然历史久远，但带着粉气的红墙面色彩明快艳丽，大门周围的金色雕刻光泽稍暗，仍令人遥想起当年的熠熠生辉。图形繁冗堆砌、线条精巧细密，人物的形体呈S形，环绕的旋涡、卷草、舒花装饰，缠绵盘曲，连成一体；窗台被纤细柔媚的铁艺栏栅和卷曲凸凹的花边装饰，墙角屋檐更有壁画、浮雕包裹，复杂而烦琐，这些完全是洛可可"精致而柔靡、绚丽而忧郁、亲切而惝恍"的特征体现，也透露出设计师和工匠们对技艺的热爱与赞美。

西班牙陶瓷业在世界陶瓷行业中雄居龙头老大的地位，它悠久的陶瓷历史和那些独具特色的陶器艺术，以及这幢豪宅内部的"洛可可"风格装饰，我们都无缘得见了，真是让人扼腕叹息。我们只有通过观摩建筑物的外部，

陶瓷博物馆，大门

圣女广场及圣女教堂

圣女广场，喷泉

REINA广场，大教堂局部

来寻觅那个岁月的时尚，猜测里面曾发生过的故事……

这里离市中心不远，既然看不成陶器展览，我们就有足够的时间来逛逛老城了。圣女广场（Plaza de la Virgen）是瓦伦西亚的发源地，主要的建筑物是圣女教堂（la Basílica de la Virgen de los Desamparados），粉色的外墙面和圆锥尖顶，很有特色，从表面装饰的雕刻形态判断，似乎应该是巴洛克风格。

圣女广场还有座规模不小的喷泉，中间高起的台子上半躺半坐着一位不知何方的神圣，周围若干仙女姿态各异，或举或抱着水罐，罐中源源不断涌出的清流，激起朵朵水花，颇为生动壮观。广场的地面由平整光洁的石材铺就，和平鸽与游人一同闲庭信步。

紧挨着圣女教堂的是瓦伦西亚大教堂，从圣女广场看到的是背面。其下是一条窄窄的巷子，透过两侧建筑的缝隙，可以看到大教堂的钟楼。穿过窄巷，又一片开阔地带，这是REINA广场，大教堂正面在这里完整呈现。

瓦伦西亚大教堂（la Catedral de Valencia）与罗马时期的第一座神庙以及后来的阿拉伯清真寺坐落在同一个地方。它从1262年开始建造，整个工程历时一个半世纪，至1426年结束，后来又经过数次扩建和修葺。这是一座将罗马、哥特和巴罗克式等多种艺术风格融为一体的建筑物。1420年建成的一座高达68米的钟楼成为该市的象征。

这个教堂外表看上去与众不同，不是通常对称严谨十字形的平面，似乎是由好几个部分不规则地组成。正门的柱头、雕刻呈现动态、断裂的组合，十分明显的巴洛克风格，而高耸的钟楼又是向上升腾的哥特精神的体现。后方的穹顶则是罗马式，不同时期的风格陈杂在一起，但建筑所塑造的神圣感是相同的。教堂前面放着铜制的整体模型，还有盲文说明，即使普通游客也可以从宏观角度清楚地领略教堂的总体形象。

REINA广场，橘子树与大教堂

老城街道

教堂前广场被各样式的老房子包围着，底层是包括麦当劳在内的快餐店、咖啡厅、蛋糕房等各色美食店，中间是游人休息的绿地和座椅。瓦伦西亚盛产柑橘，满街的橘子树，硕果累累，压弯枝头，黄橙橙的果实与绿叶相间，是这座城市独特的风景。许多掉在地上的橘子没人搭理。同伴捡起一个尝尝，好酸！呵呵，虽然不能大饱口福，但这里的新鲜果汁绝对是特色呀！

广场上还有炸油条的摊点，这里的油条是机制的，一节节直接下到油锅里，锃亮的机器和油锅、器皿，身着洁白工作服操作的小伙子，现炸现卖，卫生状况不容置疑，好些市民在排队。这里的油条是淋上粉末状细砂糖吃的，咬起来嘎嘣脆！

老城的街道有宽有窄，来往车辆的热闹与咖啡座的幽静并存。街道两侧的房子，多数为雕刻、镂花装饰的古典样式，即使近年来修建或翻新的房子，简化的改良形式与正统的古典紧密挨着，丝毫没什么突兀或不顺眼的，让人看到历史延续的清晰脉络。斗牛场的外观呈圆形，一层层拱形窗廊，很

市政厅

坚实的样子。现在不是斗牛的季节，空荡荡而十分冷清。

区政府宫是瓦伦西亚自治区政府所在地。该宫建于15—16世纪，具有古典哥特式风格，宫内金壁辉煌的国王厅、议会厅和金色厅最为引人注目。方方正正的院子带有拱廊，是西班牙最华美的庭院之一，现在改为市政历史博物馆。

我们到的时候，区政府宫正在维修。朝向马路的坚固雄伟的正立面两侧都被巨大的幕帘遮挡，我们只能从露出的中间部分来揣摩这幢建筑的壮丽了。政府宫对面的广场，是瓦伦西亚火祭节的举办地。

瓦伦西亚火祭节，每年3月12日至3月19日举行，已成为西班牙极有特色的节庆。"火祭节"起源于中世纪。当时，工匠们为了纪念保护神"圣约瑟夫"，形成了燃烧木制雕像的习俗，后来逐渐演变成现在的"火祭节"，寓意是放火迎接春天。

上过彩的木头或纸板雕像形状不一，稀奇古怪，大多取材于神话中的人物，以讽喻为主，并带有明显的宗教色彩。节日高潮便是将这些雕像集中在一起燃烧，在燃烧之前，人们要对所有雕像进行评选，其中最受欢迎的雕像将被保留下来，存在当地的博物馆中。

可惜现在还不到节日，整个广场空旷无人，火祭节的热闹场景只有听地陪给我们描述了。

瓦伦西亚作为以众多古迹著称的西班牙第三大城市，不断衰老损耗的旧房子如何适应新时期的发展需求，是任何类似的城市都必须面对的现实问题，科隆市场（Mercado de Colon）不失为一个"旧建筑再利用"的成功案例。

这幢建于1913年新艺术运动时期的老房子，位于瓦伦西亚市高级商业以及住宅区。当初也是由先锋艺术家Francisco Mora设计，采用了砖、钢桁架与玻璃建造，是一座服务于周边居民的菜市场。1985年之后，该市场被弃用并面临日渐破败的危险，政府为了保存市内的建筑遗产，出资进行改造，来自伦敦的Borgos Dance事务所在竞标中胜出，为市场做了文物维修和改造设计，于2003年重新开放。

这幢建筑的外表，依然保持了它原有的风貌。红砖砌筑的两侧大门墙面上，整齐红砖排列构成的拱形线脚图案，白色石雕装饰的门头柱角，色彩鲜艳的碎瓷片拼贴的喜庆丰收壁画，造就了多彩而精美的外观形象。一个普通市场尚且如此，由不得让人感叹这座城市厚重的艺术文化底蕴。

进入建筑的内部，感觉空间高大宽敞，纤细稳固的钢柱支撑着钢桁架，屋顶中间是玻璃天窗，一目了然的内部结构，清晰勾勒出当初建造年代的技术与材料的特征，形体与细部繁简有度，可以感受到当初建造时继承传统又

科隆市场

科隆市场，咖啡座

科隆市场，地下空间

图里亚河床

融入当时的新元素，颇具匠心。

在钢柱支撑屋顶下的两侧没有围墙，其中布置了小商店、餐厅、咖啡厅、花店、休闲座椅区，阳光柔柔透下，清风微微吹拂，简洁的店堂、桌椅设施与丰富鲜艳的装饰，新旧匹配，有种淡淡的复古情怀，如杏花春雨般舒朗与悠闲。随着时代的发展，这里不再需要集中的菜市场了，它却变身成为一座内外交融的室内广场，或者说，更像是周围居民的一个公共客厅。

新加建的部分在地下，上下滚动的自动扶梯，简约的玻璃栏板，这些又鲜明地传达着当今这个时代的建筑语汇。玻璃墙的瀑布、平浅的水池、高大的翠竹相互掩映，形成地下与地上沟通的室内园林，是否也暗含着中国人

"宁可食无肉,不可居无竹"的意韵?

地下层是个书店,虽然周日,但人不多,生意冷清,表面看来这个改造项目似乎经营得不够火暴,但往深层次想,这座建筑为居民保留了儿时记忆的市场空间,又给他们现在的生活提供了高质量的便利。保留下的这些本色细节,让我等偶尔经过的游人,可以从中找寻这个城市往昔的踪迹,看到西班牙人现今最本土的生活,这岂是商业上是否赢利一方面所能论断的呢?

在我们自己国家除旧立新、大拆大建的建设大环境的影响与逼迫下,我们是否也不自觉地变得急功近利了呢?

瓦伦西亚的老城区外,环绕着城市的母亲河——图里亚河,1957年,河水泛滥淹没了整个城市。随后,瓦伦西亚人把图里亚河改了道,使城市从此摆脱了洪水的困扰,40年来,瓦伦西亚人一直在努力将这条干枯的河床改建为城市绿化带,不仅"科学与艺术城"、海洋公园就建在河床的基地上,还有一系列城市绿地、公园、运动场及一座音乐厅也在此城市绿化带上布置,河床成为了当地居民休闲运动的好去处。

从科隆市场出来,刚才还阳光普照的天气突然变得阴沉,陆续的雨点越来越大,多数人没带伞,我们只好站在屋檐下避雨。好在是雷阵雨,20分钟之后,我们又漫步在河床公园里。雨后初晴,新鲜空气伴随着喷泉、雕刻、藤架及花艺,好舒服爽快!

前方有一座临时搭建的帐篷,我们信步走入,原来是个教育展览,图片、模型、文字等很丰富,但是我们看不懂西班牙文,这时,有位热心的中年男士主动用流利的英文给我们讲解,告知是:在加泰罗尼亚地区,中小学教育一定程度产业化,各学校聚集一起来展示自己的教育资源……他侃侃而谈,让我们也略知了一点西班牙基础教育的现状。交谈中得知他曾在中国工作过,末了我们衷心感谢他的服务,才知他不是工作人员而是家长,是带自

中央市场

阿拉梅达地铁站入口

阿拉梅达大桥

丝绸交易厅

米格雷特与中央市场

火车北站

己的孩子来看展览的。"可怜天下父母心"，哪里都一样啊！

　　当然，干枯的河床上不缺少桥，其中连接北岸大学区和南岸老城区、担当城市主要道路的是阿拉梅达大桥，桥的正上方是阿拉梅达地铁站。

　　在他的家乡，卡拉特拉瓦不仅留下了"科学与艺术城"的宏伟巨作，这座清爽简朴又不乏优美曲线的桥和桥下的地铁站，也是他独具匠心的小品，成为河床上一道很显眼的风景。可就像同样菜系的美食短时间内吃多了也会味觉麻木一样，参观到此，已不能引起我们过多的关注了。

　　最有印象的是地铁站，站台内大厅交错的混凝土拱架，延伸到屋面之间是半透明的玻璃顶棚，幽暗的地下有了来自天空的自然光线。而这些玻璃在外面的河床上，却形成几何图案的地面。

　　尤其是地铁的入口，那些看似平常甚至简陋的条状折板，构成了入口的雨罩，可以随着那根单独支撑的钢杆件向下收缩而让地铁口关闭，十分奇妙！正是卡氏"可折叠的空间结构"的观点体现，在理性的基础上达到艺术的表现力。

　　瓦伦西亚哥特式风格最优雅杰出的代表应该数丝绸交易厅（la Lonja de la Seda）。它建于15世纪末期，已被联合国科教文组织宣布为世界文化遗产。作为古老的贸易交换场所，厅楼里可看到许多建筑瑰宝，例如：柱子大厅（salón de las Columnas）、中央塔楼（el Torreón Central）和海关咨询大厅（la Sala de Juntas del Consulado del Mar）。

　　中央市场（Mercado Central）在交易厅对面，为瓦伦西亚最美的现代主义建筑，内有1300个摊位，非常热闹。要买瓦伦西亚的橘子，可以到此。

　　米格雷特（el Miguelete），瓦伦西亚标志性的塔楼，是哥特式风格的教堂钟楼。高50.85米，精确到厘米。登上钟楼207级台阶到顶，可以将城市的美丽风光尽收眼底。

丝绸交易厅、中央市场与米格雷特教堂也在旧城，三幢建筑集中在一起，可惜我们来的时候，最后一缕阳光刚刚消失，交易厅过了参观时间，中央市场也正在关门装修内部，我们只好在渐渐黯淡的光线里来观赏它们各具特色的外观，市场的喧闹与繁荣只能靠我们自己的想象了，喝鲜榨橘子汁的愿望也落空了。

此时，周围的街灯都亮起来了，迷离灯光下的老房子颇有种古朴深幽的意味……

雷阵雨再次袭来，我们只好在旁边的纪念品店里盘桓，等雨停了去餐馆的路上，经过区政府宫，没曾想这里却变得喧嚣异常、沸反盈天！定眼看去，区政府宫前的广场上人群密集，一排装饰鲜亮的敞棚老爷车，喇叭不时鸣响，若干打扮成古装人物的西班牙男男女女招摇过市、抚首弄姿，不知是当地人在搞什么庆典活动。

那些从头发到服装都精心装扮的漂亮姑娘，立刻引得我们如同"狗崽队"，追着她们一通狂拍乱照，秀色可餐，西班牙女郎的风韵总算弥补了我们刚才没有尝到果汁的遗憾。

西班牙人的餐馆晚上8点半才营业，真是不对我们东方人的生物钟，而且不到时间不开门，我们只好在路过的火车站歇脚，想不到这里的美丽却出乎我们的意料。

火车站位于瓦伦西亚旧城北面，外观看上去就很有特色，屋角一个个垂直突起的屋檐，似乎与哥特风格的丝绸交易厅很相似。虽然在晚间幽暗的灯光里，我们仍然可以看清白色瓷砖的墙面上镶嵌了许多橘子造型的彩色陶瓷砖雕，一下点明了瓦伦西亚的城市特色树种。

售票厅里更让人惊讶，从天花板到墙面，密密麻麻贴满了瓷砖，这些不规则的碎瓷片，在门头、柱角、天花板上拼贴成规则而多样的装饰图案，又是橘子主题的枝叶、花蕾、果实，充分反映了陶瓷的材料特质和工艺美术水平的高超，显示出瓦伦西亚作为西班牙陶都的重要地位。木质的屏风式售票窗口，镶嵌了鲜艳的彩色玻璃，一切都精密、精细、精致、精美，浓郁的民族风情和地方特色，使之与毕尔巴鄂、马德里的火车站实在迥异。

原本一天奔波的疲劳，现在都被如此丰厚的视觉盛宴冲散了。

火车北站，售票厅天棚

平锅菜饭

附：平锅菜饭

平锅菜饭（paella）是瓦伦西亚地方的代表菜。这种菜发祥于瓦伦西亚，后来各地群起仿效，是一种蒸饭，材料为米、鸡肉、白肉鱼、虾、贝、蔬菜等，比较高级的还用龙虾。在瓦伦西亚附近盛产优质的米，以番红花染成黄色后，再用一种独特的浅底锅蒸。由于煮的过程很耗时，客人需要等待良久，但味美，营养价值高，值得一尝。西班牙各地都有平锅菜饭，材料略有不同，不过还是以瓦伦西亚的最地道。

既然各种旅行攻略都声称平锅菜饭是瓦伦西亚最具特色的美食，当然我们也不可错过。我们一行选了家还比较正式的餐厅，经过漫长的等待，一大锅火红颜色的菜饭终于被制作完毕端上桌来，此时早就过了我们国人正常的开饭时间，肚子又不饿了。

但是，新奇的异域食物还是吸引人的，米饭里除了有海鲜大虾，还混杂了各种碎海鲜，及肉末和蔬菜，类似我们的什锦饭，闻起来很香。我个人的品尝感觉：米饭比较硬，但不夹生，需要细嚼慢咽；特别的酸，与国内镇江香醋和山西陈醋不同；海虾很新鲜；总体感觉和国内米饭的味道相差比较远。

小贴士

1. 瓦伦西亚城市虽然不小，但老城区的范围不大，经典景区和几个博物馆之间是可以步行游览的。地铁只有4条线，不经过老城中心，其中红线、绿线从阿拉梅达地铁站沿老城边到火车站只2站地，已绕了差不多1/4老城区。

2. 出租车起价3.5欧/3公里，晚间5欧/3公里。从"科学与艺术城"到老城中心约3—4公里，有公交和游览车。

3. 斗牛场可以免费参观。

4. 平锅菜饭在很多街头小店里也有。大教堂周围的店，一人份的约10欧。麦当劳巨无霸一个5.35欧，其他的汉堡有比较便宜的。

5. 科学与艺术城：开放时间：9:30am—6:30pm，包含海洋馆有多种套票，最贵的为30.5欧/人。科学宫门票：7.5欧/人。

第四节　变迁中的瓦伦西亚港

　　当郑和下西洋、哥伦布发现新大陆的辉煌历史都已成为遥远的过去，现代工业文明使得航海变得安全又舒适的同时，人类以最原始的方式挑战、征服大海的行动却从未停止过，它们通过另外的形式恣意张扬着。这就是世界上最古老的帆船大赛——美洲杯帆船赛。

　　瓦伦西亚是2007年春夏之交的32届美洲杯帆船赛举办地。为迎接这项世界顶级的重大赛事，港口地区势必进行大规模的改造与更新。

　　果不其然，当我们一早来到码头时，首先映入眼帘的是大片尘土飞扬的工地、来来往往的重型运输车、神情忙碌的工人，耳畔是轰轰隆隆的机器声。似乎整片码头都洋溢着一股热火朝天、大干快上的蓬勃朝气。

　　这里的视觉焦点是占据目前港口最佳位置的建筑——游艇中心，它是为各国比赛队服务的，由来自英国的建筑师David Chipperfield负责设计建造。与西班牙本土的那种充满动态、眼花缭乱的风格完全不同，这幢规模不大、安静本分的海边新建筑，真算得上极简主义的标本之作。

　　远远看去，四层楼被水平伸展的白色楼板所划分，中间竖向支撑的墙面是绿色玻璃，线条、体块的对比如此鲜明，整体感觉是简单、简洁、简约，独特的造型使之成为海边的重要标志。

　　来到近前，缓缓的坡道、宽敞的平台铺满了木地板，它很容易使我们联想到客轮上的船甲板，光洁平直的玻璃栏板、白色楼板一层比一层更大幅的出挑，又一次让我们为工艺的精准与技术的高超而喝彩。

　　悠游在宽大的"甲板"上，游艇中心提供了360度的观景视线，阳光温暖，海水蔚蓝。正在此时，上层平台有人用中文在与我打招呼，这令我大吃

游艇中心

游艇中心

一惊,抬头仰望,居然是以前单位的最高级别领导。他虽不直接管自己,点头之交还是有的,想不到在此碰面,真是人生何处不相逢!

此人在业内堪称大师级人物,合影留念,短暂相叙,得知他来此参加码头一项工程的国际竞赛评标工作,想到国内本土培养的建筑师也能在国际舞台上崭露头角,也值得小小骄傲一下!

游艇中心一侧配套的餐饮店、鲜花店、相片冲印店等都刚刚完工,内部还在装修,端头的木看台已经搭好,新玻璃材料建造的小品建筑,玲珑晶莹,是为游客提供游览、咨询服务的,现在已经可以在那拿到免费的港区地图和介绍了。整齐的驳岸停靠了一艘艘帆船,风帆虽收下,但那高高的桅杆不禁令人遥想它们迎风远航的英姿……

当然,码头的改建也有旧建筑的再利用。作为一个吞吐量居世界前茅的商业大港口,仓库随处可见。这些年头不短的老房子,虽然造型朴素、功能单一,可外表依然有着瓦伦西亚传统的美丽陶瓷花砖与雕刻装饰,这些都被完整地保留下来,加上现代技术、艺术包装的围墙,使得仓库改建成了一座专题展览馆。

仓库改建展览馆,临水面

馆内放着历届美洲杯帆船赛获胜帆船的模型。比人还高的模型，一排排的很是壮观。附带了许多有关帆船的图片介绍，可惜我对西班牙文一窍不通，只能望图生意了。展馆尽头是一面很大的题板，上有各国文字题写的美洲杯帆船赛的口号："没有第二名！"

对于居住在地中海沿岸的人来讲，驾驶帆船出海其实是件十分普通的事情，可能要比开辆汽车上路还要容易。因为帆船的历史远远要比汽车古老不知多少倍，在没有发明蒸汽机之前，人类就是依靠风力来航行的。港口停泊的各种样式、规模不一的游艇、帆船正说明这是一项非常大众化的运动。而国内现在一提帆船、航海，就会不禁与富豪、奢侈联系起来，或许这就是差距所在。

据了解，美洲杯帆船赛的帆船编号由两个部分组成，前面的3个字母代表参赛的国家，后面的数字由帆船赛规制的执行人员按照建造时间的先后给定。

港口区虽景象忙碌，但一切都显得井然有序。中规中矩的古典样式建筑和大胆新奇材料包装的现代装置并存，多数是各代表队的基地，这些构成了专门为美洲杯帆船赛服务的"帆船村"。据说将有一支"中国队"参赛，这是美洲杯帆船赛举办156年以来第一支来自亚细亚的帆船队，可惜我们没有找到它的基地。

港口帆船

○─ 港口

　　欣欣向荣、日新月异是瓦伦西亚港口区的主题。一切都打上了美洲杯帆船赛的标签，转动的机械和来往的车辆，让人清晰地看到从集装箱的工业港口到帆船的童话世界嬗变的过程，亲身体会到海洋港口城市的特别韵味。

　　比赛只是这里发展的一个契机，即使赛事结束，港口仍会继续若干建设计划，包括大师们的摩天楼的实施，这里的未来将会有着翻天覆地的变化。

　　城市要参观，自然界也要接触。离开港口区，虽然时间有限，但我们还是决定去看看距市内只有10多公里的阿尔布法拉自然公园（el Parque Natural de）。

　　所谓自然公园，风景并没有特别耀眼之处，多指其保持的原生态状况。这里的自然公园也是如此，蓝天、白云、草地、树影，吟唱着初春的调子，恰似一幅纯朴天然的图画。木栅栏、白墙、黄瓦、圆拱窗，真正西班牙本土风格的民居，小巧玲珑又亲切怡人。

　　一群白鹭掠过湖面，激起点点水波，野趣横生，幽静中蕴涵着生机，恬淡里又透着秀丽……只是我们没有足够的时间来享受这里的宁静与风物。

　　我们即将要离开瓦伦西亚了，不到两天的时间还远远没玩够、看够，无数的现代、古典建筑瑰宝令人折服，除了错过我一心向往的陶器博物馆，这里众多其他特色鲜明的各类展览馆、美术馆也都没机会领略了。午饭时间，我宁肯少吃两口，也要节省出一点时间，沿大街转悠转悠，抓紧时间再多看一眼这个美丽的城市。

一幢幢拔地而起的高楼大厦、一条条四通八达的宽阔马路，新城区里现代化元素一个也不少，呈现出一种开朗、大气的景象……

自然公园

街景

瓦伦西亚印象

"很少有城市能够像瓦伦西亚这样，可以将上溯至公元138年遥远过去的遗产遗址和新千年建造的最新式和先锋的现代建筑完美和谐地融合在一起。"

如果给每个城市下一个修饰的定语，那么属于瓦伦西亚的是连续性。定语把城市的某些特征凝固起来，如小资丽江、浪漫巴黎。城市被局限于惯性想象中，没有突破，日后的一切举动似乎就为了这个专属的定语而附和。然而，瓦伦西亚的定语却让城市有更多的包容与发展。

从瓦伦西亚的发源地圣女广场、中世纪的大教堂与城门、文艺复兴之后的丝绸交易厅和陶器博物馆，到上世纪初工业革命时期现代主义的中央市场、科伦市场、火车北站，以及当代卡氏的"科学与艺术城"和建设中的港口区，无一不炫耀着瓦伦西亚人的感性主义和惊人的创造力。行走在这些建筑杰作之间，呼吸着不同世纪的空气，沐浴着各种文化交汇的光芒，时间留下的痕迹一点一滴刻进了人的记忆。

一个个不同历史时期的见证，有着清晰的演变、继承、发展脉络，几百年、上千年积累的古老庄严底蕴保持了自身的连续性与延展性。瓦伦西亚令人心动之处，正是保留的古典被糅合进多变的现代，又绽开出绚烂的花朵。古典是有生气的、不造作的传统，现代是有根基的、理性张扬的创新。

弥漫于城市中的文化气息和特有的生活方式，在和谐共存的新旧建筑之间延续着，形成独特的城市魅力。人们既可以坐拥老城，享受现代的舒适便捷，也可以漫步新区，回味古典的优雅精妙。如果用城市有机更新理论来衡量瓦伦西亚，它呈现给世界的是一个合格而完美的榜样。

第四节 风情小镇——潘尼斯科拉

虽然在异国他乡陌生的城市里，一切都有着无穷的吸引力，但单纯旅行的内容也难免单一。午饭之后，我们沿地中海岸继续行进，目标是风情度假小镇——潘尼斯科拉。高速公路一直沿着海岸线延伸，向右侧远眺望去，不时被海面的粼粼波光晃得眼花；另一侧路边则是起伏的小山冈，被蔓延的绿色植被包裹着。出人意料的是沿途的建筑工地甚多，各样半成品的楼房充斥了眼帘，与想象中海边宁静的乡村画卷十分不同。

　　不到2个小时，我们的车已深入镇区。一下车，火辣而眩目的阳光扑面射来，湛蓝平静的大海就在我们的身边，没有海边常吹的腥风，也没有粘湿潮腻的感觉。远处的古镇就建在伸向大海的一堆半岛怪石之上，又似乎漂浮在海中，高低层叠的建筑轮廓线勾勒出一座传说中的仙山，或者想象里的巴比伦空中花园……

半岛古镇全景

　　潘尼斯科拉（Peniscola）位于瓦伦西亚以北130公里处，坐落在橙花海岸伸向地中海的一片灿烂陆地上。自罗马时代起，小镇已是一个繁荣的港口城市，后来为摩尔人占领，并成为摩尔人的战略要塞。

　　历史上腓尼基人、希腊人都曾来此和当地人交易，当年的港口就在今天村庄的北部。现在小镇的名字源自罗马时代，意为"一个岛屿"。直到13世纪末，这里成为西班牙腾普拉爵士（Templar）的领地，也正是他在小岛上建造了后来闻名于世的潘尼斯科拉城堡以及周边的防御城墙。而历史上著名的宗教本尼迪克十三世（Pedor De Luna），1411年从法国的埃维尼翁（Avignon）来到这里，并一直到1429年退位，这位教皇都居住在潘尼斯科拉。

　　其后，菲利普二世执政期间，在本尼迪克十三世建造的城墙基础上又对其进行了加固。塔楼、军火库和精壮的士兵形成了当时潘尼斯科拉强大的防御体系，并在城墙上架起大炮对付那些北非海盗。在城堡和小镇周围的城墙等防御工事建成后，立刻引起了周边地区的效仿。

　　来到近前，看着它那厚实的墙桓、堡垒式的大门，不禁令人遥想起它风云激荡的历史。我们真幸运，现在还远没到度假的季节，游人不多，正适合漫步悠游。

古镇民居

古镇入口

○ 贝壳房子

贝壳房子局部 ○

古镇地势多处陡峭，拾级而上，这里的街巷九曲回肠、扑朔迷离；台阶与坡道相间的路面，由不同形状的方圆卵石拼铺，石子被年岁打磨得精光锃亮，泛出点点陈年沧桑的味道；民居和商店都非常有特色，有些建在海崖上，有些建在巨大的岩石上，几乎所有的房子都被涂上白石灰，偶尔露出一片古屋原始的灰色岩石墙面，投射在其表面的阳光影子，透露着岁月悠悠……

深深的窄巷，两旁民居雪白的墙壁、铸铁弯曲装点的阳台，被鲜花、绿色植被装点得隆重热闹，如悬浮在半空中的植物园，抬头是湛蓝的天空，很容易让人的思绪坠入迷幻……

有一座墙面全部用贝壳装饰的房子，大小不等、颜色相近的圆贝壳，密密镶嵌在墙的表面，排列成阿拉伯风格的图案，非常精致，它由此也成为小镇一个代表性的建筑。

狭长的巷子里，隐藏着特色浓郁的小店铺、酒吧、饭馆、纪念品商店，门牌、门口装饰虽简单却有自家的独到之处，店门外的空间十分局促，却能因地制宜地巧妙利用地形来布置餐桌椅，颇有一份精心的人情味与生意经，真是应了中国的那句老话——"螺蛳壳里做道场"。多数店铺下午还没开始营业，却可以想见到夜里人气旺盛、热情充盈的场景。

靠海崖的一间小店的橱窗里陈列着许多蓝色海洋主题的玩偶，十分谐趣。遗憾的是，店门没开。我们在店

外流连了好一会儿。这些玩偶的手艺与色彩很特别。可以从中看到西班牙民间对宗教和生活的体悟。

悠闲而惬意是这里生活的主题,我刚上岛时和同伴在一个小店里盘桓,过了1个小时,才下午4点,另一朋友想来买同样的纪念品,小店居然关门休息了。在这里,生意仿佛不重要,人们更愿意按自己的方式来生活。

13世纪末,也就是摩尔人退离西班牙不久,腾普拉爵士出资修建了这

古堡　　　　　　　　　古堡顶俯瞰　　　　　　　　民居

座潘尼斯科拉城堡。城堡位于整个小镇的制高点上,从这里可以俯瞰小镇的全景。高大的城堡均以当地盛产的岩石建造而成。历史上,小镇居民依靠城堡的保护多次逃脱海盗的侵犯。到19世纪初,这里又爆发了一次小规模的战争,战况相当激烈,曾经出现过万门大炮齐发的场面,此后便再没遇到过争端。虽然当年小镇和城堡都在这次战争中遭到了不同程度的损伤,但经过多次修整,现在早已看不到当初战争留下的任何痕迹了。

城墙高耸,台阶宽厚。我们蹑步而上,站在城堡最高处的平顶俯瞰,小镇面貌一览无余。近处脚下,绿草树影,枝叶扶疏,一派葱茏;蓝蓝水光,碧波荡漾,微微泛起白色浪花;远处海岸沙滩蜿蜒伸展,划出一道优美的曲线,对面的建筑群沿山坡铺陈开来……

城堡里有座教堂，隐隐传来圣母颂的歌声，抑扬飘荡，伴随着阵阵海风，游戈在神圣又舒缓的节奏里，我们不觉地放慢思维、放松身心。地中海的深蓝与古堡的神秘，在灿烂的阳光下，弯曲的潘尼斯科拉海岸显得更加静谧和别样。

我们来来回回地在镇里面晃悠，渐渐形成了总体概念。半岛上古镇的民宅，形状是一幢幢浅色的单纯几何体，沿等高线排列在一起，构成高低起伏的台阶式组团建筑群，道路穿行在上下等高线之间，迷宫般的小径、浅色的房子、绵延的城墙、变换穿插的岛屿空间形态，与周围碧蓝色的大海产生奇妙调和，构成了整个古镇的空间特色。

古镇半岛

偶尔不经意地回头或侧目，前方的风景已大相径庭，或是深巷尽头海的一抹蔚蓝，或是高处教堂钟楼的一个剪影，或依山势而转的小巷一线天般的夹缝引得人想去探幽，"步移景异"的东方美学观在这里也有了生动的再现，激起更多耐人寻味的意境。

这里的阳光让人真正理解了"明媚"的含义，天纯净得让人怀疑它的真实，蓝与白成了这里色彩的主宰，加上一些灰色的搭配，绘出无比宁静的画面。这样轻盈的调子里，同样是中世纪的千年城堡，比之托莱多的厚重深沉，潘尼斯科拉到处写满了质朴与纯情。

半岛之外的镇区，学校、旅馆、民宅有着浓郁的生活气息。路边靠海的咖啡店里有不少当地的老人聚集聊天，坐拥古镇与碧海蓝天，好闲适啊！在这样的环境下，不坐下来享受，似乎是不会被自己原谅的。我们正好也走累了，要一杯咖啡一份沙拉，加入他们。两条半人高的大狗立刻围拢在我们的身边，威武但温顺，旁边路上一辆深绿色动感十足的毕加索车在古堡背景下愈发增添一份浪漫情怀。

这里的落日来得迅速，下午6点刚过，太阳已开始被对面的山头遮挡，不远处的半岛古镇，在海天相连的蔚蓝中安详而镇定。此刻，金灿灿的光线赤裸裸地挥洒在古旧的墙砖之上，屋宇连绵，城墙环抱，温柔的光线勾画出令人心醉的身影。

没几分钟，日影疏斜，渐渐拽成平平的线，伴随着地中海卷起的朵朵浪花，古镇的光彩，在一片静谧中悄然落幕。

虽然我知道，走到200米外的海滩可以拍下构图完整的小镇日落景象，但此刻，我只想很舒服地坐看稍纵即逝的每个细节，慢慢咂摸白驹过隙的感觉，不负责任地随手拍张记录式的日落照片，久违的淡薄与轻松不经意间被自己随手拾起，橙花海岸的安详时光定格在千年城堡与水色天韵的翩翩浮想中……

今天我们住的酒店就在潘尼斯科拉镇，但离古堡有4.5公里远。我们的车沿着海岸线行驶，一侧是夕阳余辉中平静幽蓝的海面和渐渐消失的古堡，而另一侧的景象却令人大跌眼镜。

因古堡的盛名和地中海的风情，小镇的外围早已成为度假胜地，沿岸密密麻麻布满了各样、各种等级的旅馆建筑，以四五层楼为主，全空着。一眼看去完全没有章法、毫无节制，形象多数丑陋而粗俗，有私搭乱建之嫌疑，比之国内江南农村那些拥挤而立的自建私宅，有过之而无不及！问地陪为什么会出现这样的情况，告知西班牙地中海沿岸的度假小镇大多如此，一到旺季，挤满了来自欧洲其他国家的游客，各式旅馆供不应求！

刚才还是原住民朴实、清新、充满人情味的景象，转眼就变成了以追求利益最大化的商业氛围，反差如此巨大，似乎它们不在同一个世界。过度开发，或许是具世界普遍性的问题。

我们的住处是一座规模宏大、新落成的四星级度假酒店。客房超大，标准间的两张床每个都是大的双人床，洗手间超豪华，淋浴、浴缸、洗面台、坐便器、洁身器都分开，还有观海景的宽大阳台。真是此行中最舒适、奢侈的歇息地。

不过，从房内到大堂、走廊、餐厅的装饰，只强调富丽、炫目的色彩，锃亮闪光的玻璃电梯上上下下，传达了一种世俗享乐的气息，装饰风格是放之四海而皆准的高档酒店通行样式。虽服务周到全面，但毫无地方特色、设计品位可言，我们进进出出，相机就拎在手上，却都懒得按下快门。

这是旅行社提前安排的，否则，若是住到岛上那些温馨可人的家庭小旅馆，那该多好呀！

潘尼斯科拉，清晨

小贴士

1. 瓦伦西亚的中餐馆："喜年华"，地点：c/.polo y peyrolon,75 46021 Valencia，电话963094714,963629838。

2. 潘尼斯科拉岛上不要门票，古堡门票2.5欧/张，是张很典雅的明信片，有收藏价值。

3. 友人购物价格参考：帆船模型68欧，塑料扑克18欧（在Valencia码头买的），放调味品的容器10.5欧（在潘尼斯科拉岛上买的）。

第四章 品味巴塞罗那（上）

第一节 巴塞罗那初接触

由于惦记着要看地中海的日出，虽然床铺是如此舒服，可天还没亮我就自然醒了。此时向窗外张望，小镇还沉寂在朦胧之中。我就在宽大的阳台上支好三角架，耐心地等待……

或许我起得还是太早，风平浪静的海面居然显得那么单调和呆板。地平线的变化在我的翘首企盼中姗姗来迟，开始是一圈环形红晕，从没有亮度渐渐过渡到光芒四射，太阳的形状一点一点地变得完整，最终一跃而出，刹那间映射得海水也粼光闪闪……

原先我的脑子里一直保留着莫奈的那幅《日出·印象》的记忆，可眼前的所见，却大相径庭。它没有画中雾、云、水的多变色彩，也没有港口船舶、吊车、建筑等的丰富景物，更缺乏画中那一份隐隐的活跃灵动之气韵，平铺直叙、开畅坦陈的过程，正是地中海无数个平凡而真实的瞬间之一。

早饭之后，告别这个风情度假小镇，我们向西班牙最重要、也是此行重点游览之地——巴塞罗那出发。300多公里的高速，一路无话。中午12点多进入市区，此时艳阳当头，宣示着实在是个好天气，与我们对巴塞罗那的那份期待心情不谋而合。

自古希腊罗马时代以来，巴塞罗那就是地中海西部的一大重镇。它位于比利牛斯山脉的南麓，作为加泰罗尼亚首府和地中海重要的港口城市，巴塞罗那是座双语城市。市民讲卡斯提亚语（即西班牙语）和加泰罗尼亚语。它一只脚踏在法国，另一只脚立足于传统西班牙之上，与巴黎、罗马的距离几乎与首都马德里一样。长期以来，它一直是联系着利比亚半岛与西欧他国的纽带。西班牙第二大城市巴塞罗那不仅是地中海最大的城市，而且是欧洲最

日出

比嘉·塞西利阿公园，雕塑

灿烂的文化中心之一，其现代建筑、流行样式、设计水平遥遥领先。

考虑到我们后几日的自由行，趁着今天还有车，为充分利用资源，我们决定先去那些坐公交车比较远的景点参观，由外而内循序渐进，下午的参观项目比较专业。

比嘉·塞西利阿公园（Els Jardins de la Vil la Cecilia），位于巴塞罗那商业区内的玛丽亚克里斯蒂购物中心北面的高级住宅区内，是桑达阿麦利阿大道北侧比嘉·阿麦利阿公园的一个延伸，通过种植同比嘉·阿麦利阿公园相同的树木保持与之的连贯。

它实质就是一个住宅区内的环境怎样与城市相结合的实例，钢板艺术装置的大门、坐椅设施等都感觉比较平常，唯一让人眼睛一亮的是趴在水池上的人行雕塑，或许反映了巴塞罗那人无拘无束、自由散漫的构思。

利奥德·加乃伊劳大街（L'Avinguda de Rio de Janeiro），位于城市东北郊，是麦里第阿那高速公路的支路。道路周边是杂乱无章的高层住宅，高大的树木作为街墙，形成了统一感。两条单行道间，设计师利用4米的高差设计了隔离带。

倾斜的隔离带上不仅种植草皮，还安排了残疾人坡道，与过街斑马线结合，让斜坡产生变化的同时体现人文关怀。

朱丽亚大街（La Via Julia），在奥林匹克工程期间，巴塞罗那北部郊区也进行了扩展。从朱丽亚大街到法别西亚高速公路约1公里的街道中建起一个绿色艺术长廊公园，并利用公园两侧道路的高差，设计了地铁通道。公园的起点与终点设置了醒目的大型雕塑，地铁通道之上则是一个巨大的遮阳棚。大街北端矗立着雕塑——"陆上灯塔"。到了夜里，光柱直射夜空，成为穿越丘陵地带的法别西亚高速公路的显著标志。

这个带形公园的一端与路成市民广场连接，广场地面倾斜，一组跌落的

朱丽亚大街，遮阳棚

Barris公园，浮岛

Barris公园，周围住宅

喷泉水池成为这个公共空间的主体。

　　这几个小规模的城市环境设计都是1992年之前为迎接奥运会而实施的，不少细节可以感觉到当初的设计也是很有想法和创意的。只不过以当今的眼光来看，曾经的光彩已淹没在时代不断向前发展的大潮之中。

　　我们随后参观的一片城市公园（Parque Central de nou Barris）在巴塞罗那的东北郊，面积很大也很新，被一条交通主干道分为东西两个区域，在道路上方是步行的木桥相连。公园内地形高低起伏变化，布置有水域、喷泉、桥、草皮树木、雕塑、若干儿童游戏场、休息区，水中的浮岛、草坪与铺地衔接、彩色地砖装饰的斜坡，形式新颖构图活泼，配以各种植物点缀，还有旁边保留的一个教堂的古迹，真是一处开阔、舒服又充满设计趣味的城市公共空间。

公园周围遍布样式各异的高层居民住宅楼，在家门口能拥有这样高质量的环境，这里的房价估计和国内的大城市一样，肯定是不会低的。在瓦伦西亚的街头，我曾看见过一则二手房的交易广告，位于市中心的一套100多平方米的公寓，售价也达43万欧元。

这个公园里，最醒目的是一组组由木柱和半透明塑膜所构成的三角形构架装饰，虽然个体形状是单一的元素，因木柱的弯曲程度不同，组合的数量、方式不同，树立在公园的不同角落，本身所造就的新颖的雕塑形态及丰富的景观节点和视觉效果，成为统领这片区域的独特标识。

我们来的时候正是下午下班、放学的时间，公园里游戏休息的人不少，那些活泼好动的孩子、围在校门口等待接孩子的家长们，有父母与祖父母辈，他们悠闲地陪着孩子玩耍、交流育儿经验，周围还有不少正在散步、围坐打牌的退休老人，这些景象，除了参与的是高鼻梁、黄头发的白色人种，其人物的神情、生活的形态、存在的状况，与中国社会的现实一模一样！这不由得令人感叹生活本质的意义。

在城市的东北郊，还有一处1992年奥运会场馆工程可以参观，可惜司机、地陪都没来过，对着地图兼向路人打听，我们终于在天色将晚之际，找到了巴塞罗那维拉荷波射击馆（Vall d'Hebron Pavilion）。

射击馆分为比赛馆和训练馆，两馆的建筑基地均在荷波山谷地区。由于位置和体型受土堤条件限制，所以将其设计成了土堤的一部分。每栋建筑都设计成适于功能使用的具有韵律感的单元体。训练馆是按照运动员的生活方式来布置的，内设双面走廊；比赛馆的楼层部分可供4000人观看比赛。

Barris公园，构架

比赛馆

训练馆

街头涂鸦

　　两栋建筑的巧妙组合使之成为当地的一个景点。在形式上通过转折错落的处理，与基地相吻合；训练馆的屋顶力求与土堤、科朵拉的植物生长相联系；比赛馆则运用预制混凝土材料来呼应公园边缘地带未经规划的杂乱区域。

　　旁边还有座综合体育馆，周围也是很多公寓房，当初巴市政府在此设立一个奥运比赛场馆，也是想借此契机提高这一区域的运动硬件设施水平。现在，比赛馆前的空旷场地已改成了足球场，上面的看台显得有些荒凉，估计很久没被使用了；而训练馆则更寂寞，昏暗的灯光下，似乎只有看守的值班人员，搞不清这幢房子现在作何用。这样的情景让人想象不出奥运会期间这里曾经的热闹。看来，奥运设施如何能发挥长远的作用，是全世界举办奥运的城市必须直面的问题。

朴素的材料、简单的功能、沉静的外表，在当今的环境中似乎变得冷漠，这两栋建筑是巴塞罗那本土设计师恩里克·米拉莱斯刚出道时的作品，个人感觉一般般，虽然其人后来名气渐涨，这只能说明一切都来源于最基本的积累。

在巴塞罗那这样整体艺术造诣极高的城市，我们到处可以发现艺术的痕迹。街头的涂鸦，不失为公共艺术的一个侧影，射击馆及周围建筑的墙面上，很多地方都是内容各异的涂鸦，反映出这座城市显著特征的一个侧面。

旅行社为了省钱又不降低标准，在巴塞罗那给我们安排的是离市中心较远的酒店。晚饭后，我们的车沿着城市主干道迪亚格纳尔（AV. Dlagonal）大街向西行驶，此时已是晚间8点多了，这条巴塞罗那最宽阔的道路上依然车水马龙，拥挤与塞车是世界大城市的普遍难题。坐在车上观察了一会儿，倒也看出点门道。

这条大街虽然没有北京的长安街宽，但估计也相差不了太多，横断面分为三部分，两边是辅道，但不像北京那样为非机动车道，而是机动车道；中部路宽约6—7个车道，其中中间的3个车道并未在地面画上箭头指出明确的行驶方向，这些是由交警指挥灵活应变的车道，根据两个相反方向不同时段、街区车流的多少来调节，同一车道，有时是向西的车、有时变为向东的。果然，虽然车很多，但并未出现拥堵而停滞不前的状况，虽然车流行驶的速度比较慢，但也井然有序，道路被高效而充分地利用，先进的管理方式很值得我们借鉴。

小贴士

1. 巴塞罗那最好的中餐馆：松鹤楼，地点：Muntaner，66—08011 Barcelona 电话934538303。味道很正。如果停留时间久又吃腻了西餐，可以一试。

2. 酒店大堂里上网费用 30分钟1.5欧，房间内有网络接口，最好自带网线。

3. 巴塞罗那最大的信息中心"I"在市中心加泰罗尼亚广场的地下，有免费的地图、博物馆打折卡及各种有关旅行、住宿、游乐、演出信息提供，还有附属的纪念品商店。

第二节　菲格拉斯——达利故乡行

今天是我们租车用的最后一天，所以安排了最长的游览线路，位于巴塞罗那外围地区的几个景点，根据事先在Google上查的距离，来回路程将近400公里。西班牙当地的劳动法规定很严格，司机一天只能工作12小时，旅行车的行驶也不能超过400公里，否则要加多倍地付费，所以今日的行程是比较紧张的，我们事先也做了尽量周密的安排，早饭后立刻上路。

蒙利特公园（Parco Mollet del Valles），这个项目是恩里克·米拉莱斯与其夫人在巴塞罗那设计的三个公园之一。是为了"将近的未来"而设计的，它的有趣之处在于它所包含的一些"主题"：那种建筑物的未完成感、粗糙的雕刻、斑斓的彩画划分的空间，还有使用者在其间的停留给它带来的变化，以及那些出乎意料的连接关系。

这个公园虽然没有我们前一天刚看过的Barris公园大，但内容方面却毫不逊色。它运用了多种材料、设计元素，平面、空间的每个角落都充满了点、线、面的复杂组合，喷泉的形状、喷水方式、曲线造型优美的灯，悬在空中抽象的钢与混凝土构架，镂空的"砖墙"，营造出层次丰富的空间感；而沙土地面与草地、彩色水泥铺地、马赛克装饰的旱喷泉组合，极富图案效果。比之Barris公园更具有魔幻力与缤纷感，特色比较突出。

当头顶的天空阴云散开、阳光温和地投射下来时，公园里的喷泉开始展现多变的动感姿态，此时，我们的参观也结束了。虽然我们没有机会领略到这里光怪陆离的夜景，但已触摸到不少新鲜理念，收获良多。

我们马不停蹄地又驱车100多公里抵达位于巴塞罗那以北、离法国边境只有20公里的菲格拉斯。这个小镇因为怪诞不羁、受人喜爱的超现实主义艺

蒙利特公园，构架

蒙利特公园，俯瞰

达利剧院博物馆

术巨子达利而闻名于世。1974年，达利在菲格拉斯创建了举世闻名的达利剧院博物馆（Casa-Museu Dali），菲格拉斯从此便成为了吸引全球艺术爱好者的胜地。

剧院博物馆从外到内都是达利本人亲自设计的。一下车，一座顶部有个巨大玻璃圆屋顶的城堡式房子就凸显在我们眼前。鲜艳的红墙上缀满整齐的、金色的、类似小疙瘩的装饰，最吸引人们眼球的是，高高的屋顶周围有许多竖立或横倒的鸡蛋，间隔着一个个摆出挥手、欢呼等姿态的小金人雕塑。据了解，鸡蛋表示生命和变化，是达利作品中经常出现的主题。

绕到博物馆正门，这里的建筑形象又变成传统的古典样式，罗马式的爱奥尼克壁柱、圆拱形窗、上下两段的经典构图、浅黄与青灰的色彩搭配，当然古典在这里绝非直接的拿来主义，阳台、屋顶上的雕刻是头顶面包、手持长矛的守护女神，让原本端庄正统的形象增加了一些嬉皮嘲弄的成分。

门前树立着一尊手臂撑着蛋形头的人物雕塑，身前堆满了大大小小、雕刻细致精准的人物、头像等，雕塑名曰《达利忧郁的卵形沉思》，不知道要表达什么，又好像在表达什么，整个令人匪夷所思。

这座博物馆，光从其外观看，现代的构造、多重的色彩、不同时代风格的整合，加之达利特立独行的雕刻装饰，他惊世骇俗的怪诞艺术已可见一斑！

观摩的游人来自世界各地，其中以学生居多，可以想见达利的奇思怪想对青少年是很有吸引力的。孩子们边排队边互相打趣，给本就不平静的博物馆更增添了一种嘈杂的氛围。很幸运，我们只排了几分钟队就买到了票。

萨尔瓦多·达利（Salvador Dali，1904—1989），1904年5月11日生于西班牙菲格拉斯，1989年1月23日逝世。20世纪最伟大的超现实主义画家，以探索潜意识的意象著称。

达利剧院博物馆，正门

达利忧郁的卵形沉思

他是一位具有卓越才华和想象力的画家。在把梦境的主观世界变成客观而令人激动的形象方面，他对超现实主义、对20世纪的艺术做出了严肃认真的贡献。达利的一生充满了传奇色彩。除了他的绘画，他的文章、他的口才、他的动作、他的相貌、他的胡须和他的宣传才能。他用所有这一切，

达利剧院博物馆，庭院

记忆的永恒

追忆往事的少女

在各种各样的语言中造就了超现实主义这一个专有名词，去表示一种无理性的、色情的、疯狂的而且是时髦的艺术。

达利年轻时在马德里和巴塞罗那学习美术，曾兼收并蓄多种艺术风格，显示出作为画家的非凡技能。但是，直到20世纪20年代末期，才由两件事情促使其画风日臻成熟。一是他发现了弗洛伊德的关于性爱对于潜意识意象的重要著作；二是他结交了一群才华横溢的巴黎超现实主义者，这群艺术家和作家努力证明人的潜意识是超乎理性之上的"更为重大的现实"。

为从潜意识心灵中产生意象，达利开始用一种自称为"偏执狂临界状态"的方法，在自己的身上诱发幻觉境界。达利发现这一方法后，画风异常

迅速成熟，1929—1937年间所作的画使他成为世界最著名的超现实主义艺术家。

走进博物馆，回廊环绕中间是个露天的庭院，当中安置着一辆老式汽车，车头站立着一位头发梳成冠状，身材十分异常的女子雕塑，双手向两侧伸展，似乎胳膊上还缠绕着蛇，怪异、不懂！庭院周边是爬满常青藤的弧形墙面，显得十分幽古神秘，墙上的一个个窗洞又站满了各种立姿的小金人像，这里离得近，我们终于看清楚了，人像原来是女性身体男性头颅的雌雄组合体。

馆内收藏着达利在各个创作阶段不计其数的画作、雕塑等，其中不乏举世名作，普遍被大众知晓的是下面几幅。

在达利所描绘的梦境中，以一种稀奇古怪、不合情理的方式，将普通物象并列、扭曲或者变形。在这些谜语一般的意象中，最有名的大概是《记忆的永恒》（1931）。

三个停止行走的时钟被画成像面一样柔软的物体：一个叠挂在树枝上；一个呈90度直角耷拉在方台的边沿上，好像马上要融化掉似的；另一个横卧在像长着婴儿脸的奇妙生物上。好像这是时间绝对停止的世界。这一切是在惨淡荒芜的加泰罗尼亚的背景下出现。这是一幅幻象，一切事物不近情理，却又表现了可知的物体。这些软塌的钟表，如今已成为人们心目中的超现实主义梦境物象的同义语了。

这幅画出现在博物馆内达利的卧室里，被高高悬挂在床头上方与天花板接壤的墙面上，很大很宽的一幅针织毛毯画。房间比较暗，在这种环境里看过去，画面隐隐给人一种忧郁、晦

影星，梅·韦斯特

涩的感觉。

卧室里的床、沙发、柜子等陈设，无一不反映出浓厚的超现实主义格调。想想现实的严酷，达利虽然可以把钟表画成停止的，可时间的流逝却从来就没有停歇过。达利这样的怪才终究也不得不被时间带走。

《追忆往事的少女》是一个用玉米、瓷器和硬纸板等材料制作的雕塑。女子头饰是一个大面包，面包之上是两个墨水瓶，中间站立的是米勒《晚祷》中的两个人物。它们被看做是少女性压抑的标志。面部在两个既像少女的装饰物又像是发辫的玉米的衬托下，爬着一些带有性暗示的蚂蚁，它们集中于额头的一侧，也许这象征她的回想内容。少女显得既丰满又性感。

这件作品于1933年参加巴黎独立沙龙的超现实主义画展时还闹了一个笑话。毕加索来画展观摩，他的爱犬一下子扑上去吃掉了那块大面包。因此，这件作品是1970年在原来的塑像上重新安了一个面包。

还有件展品也十分有意思，在一个灯光昏黑的屋子里，达利的两幅黑白画挂在红墙上，地板上摆着米黄色的鼻子和鲜红嘴唇形状的沙发，通过一个楼梯上到这些物件对面的一个台子上，通过由大量丝质材料卷曲包裹的门框看过去，一个性感女人的美丽面庞诞生了。这是美国女影星梅·韦斯特的面容，她的美貌和俏皮话远比她的演技要著名得多。尤其是那个性感嘴唇红沙发，一再地被家具制造商们复制生产，成为流行时尚的代表。

在《眺望大海的加拉于18米外变成亚伯拉罕·林肯像》中，达利能自觉地将有关美学规律和构成方法应用到创作中。人像与人像的叠加，在达利看来也可以有特殊的甚至令人意外的表现方式。他将林肯的肖像进行放大虚化，再与缩小放置于画面中心的画家妻子加拉的肖像以双重意象的方式并置，加拉深色的头发巧妙地组成林肯肖像的眼睛，画面充满了神秘的气息，观众的视线在大小肖像之间变换。

这幅画悬挂在中央大厅的一侧，尺度之大，要看清楚必须退到大厅另一侧的墙边。加拉眺望的窗外地中海霞彩，变成了林肯的额头，视觉效果十分神奇而富趣味。

大厅的墙壁都是用当地的石材装饰，玻璃圆顶，拱形窗户，与穿插在一侧的旋转楼梯，构成多重风格的杂交。大厅正面是一幅从顶到底的巨幅油画，还有各种怪里怪气的雕塑、装饰，使这里成为博物馆的交流中心，当然，另一幅《带犀牛症候的加拉》也是达利众多以加拉为模特的作品之一。

这里的展品陈列，既有按传统方式一幅幅挂在走廊、展室墙壁上的，也有结合楼梯间拐角处、门洞口用各种雕刻布置装点的，让人们在参观的过程中时刻感受到艺术家那种躁动的情绪和特异的才能。

作品的种类很多，油画、素描草图、水彩、雕塑、家具、室内天棚上的大型壁画、用镜子反射表现的立体装置等，全面反映了达利在各个时期的创作。

一间小展室里还有其他艺术家的几幅写实油画，我们猜测是达利的收藏或者拿自己的作品与别人交换而来的。其中一幅小画是达·芬奇著名的《蒙娜丽莎》，但被异想天开地在唇边画上了两撇小胡子，猛一看似乎变成了男人。而另一幅达利作品《宫女》，是对马德里普拉多美术馆的镇馆之宝委拉斯凯兹《宫女》的另类演绎，同样的人物、服饰、姿势、动作依旧，俊俏的面庞却被一个圆蛋形遮掩住……这类玩弄经典的作品，不禁令人欣笑开怀，真是幽默诙谐的改编。由此看来，现在流行的网络上的"恶搞"，现代派艺术家其实早就实践过了。

虽然我自己绝不是达利的爱好者，他的那些东西几乎都是我们这些常人难以体会、不可理喻的，但博物馆就像是一个大型的潘多拉魔盒，身处其中，时时都会被达利出人意表的奇思怪想所吸引，人的思维始终处于未知、

○ 眺望大海的加拉于18米外变成亚伯拉罕·林肯像　　　　　　○ 带胡须的蒙娜丽莎　　　　　○ 珠宝

好奇、联想、探求的状态，咦？原来画是可以这样画的；啊！家具可以做成这种样子；哦！原来人还可以这样想象……物质有这么多层面、这么多内在、这么多方位。他的作品在内容、形式、手法、色彩等方面，可以说多数都不符合传统意义的和谐与优美，而是充满了达利自我炒作、标新立异的追求与表达，但从怪诞、荒谬的背后，我们可以看到他非凡的想象力和强烈的信心，他一生都在不断探索和进步。博物馆的一切表明，达利从生活到创作，都是一个十足的超现实主义身体力行的实践者。

不懂达利实在无足轻重，大师是不可解释只能感受的。这里我们只要得到慨叹、幽默、刺激甚至惊吓，就够了，仿佛在无边无际的虚幻梦魇中历险一番，或许这正是博物馆吸引全世界各地游客蜂拥而来的主要原因吧。

博物馆旁边还有一个达利珠宝馆，里面藏有达利创作的稀有珠宝。进入

珠宝，会跳动的高贵的心

这个规模不大的黑屋子，从一两件首饰看过去，立刻，平常心被撞击，情绪被调动，眼睛尽可能地睁大……我从来不对珠宝类的东西过多关注，可达利的这些着实令人惊奇。

从构成珠宝的原材料来说，无非也是黄金白银、珍珠翡翠、水晶钻石等，种类无出胸针、项链、戒指、耳环、发饰等，但这些珠宝的构成方式、造型却十分另类，充满了达利那种梦境中的形象和潜意识里的概念，设计构思和那些绘画、雕塑等如出一辙，但运用在这里，使得一些极其平常的黄金、宝石散发出达利的幻想光芒。

那个"软钟"的形象在珠宝上也有所体现，红玛瑙与白珍珠镶嵌的"嘴唇"，钻石通过不同角度可以看到隐藏在背后的面孔，一只"眼"形的挂坠，中间晶莹的蓝宝石瞳孔有达利的签名……最令人称奇的是，一颗心形挂坠，中间红宝石嵌成的心衬托在黄金外壳上，红心会一收一缩有节奏地蠕动，珠宝被赋予了生命与活力，实在让人叹为观止。这颗"会跳动的高贵的心"是达利专门为加拉设计的，爱情和创作的完美结合，达利、加拉真幸运。

这些珠宝虽然也多是奇形怪状，却件件细密精致，小巧的尺度，使得个个美丽异常，比达利的绘画、雕塑更具亲切感与亲和力，还散发着难以抗拒的魔幻性。观摩到此，我已经由衷地为他的艺术奇才所折服。

离开博物馆和珠宝馆，我们已经没有太多的时间，只能在周围随便转转。小镇的街道不宽，房子多数保留了古典的样式，半旧不新。到处是卖纪念品的小店，里面多数是达利作品的复印和仿制。最普遍的就是那些变异的"软钟"、各种造型的摆设，个人只觉得怪异，缺乏美观。

想想达利在这个小城出生、成长，渡过青少年时代，在外求学、游历，成就了自己独特的艺术风格，又回到这里创建博物馆，并继续自己的创作探索直到最终离世，达利一生几乎涉足了所有的艺术载体，除了博物馆里的绘画、雕塑、装饰、家具、珠宝，那些广场上、街道中、橱窗里安置的各种雕塑，让人随处可以遇见达利。他的肉体生命已经停止，但他的艺术狂想却远远没有终结，小城正是他超现实主义思想弥漫、张扬的载体。

博物馆不远处有座教堂，灰砖砌筑的平凡形象，给这个充满荒诞怪异情思的小镇带来一点庄重沉稳的氛围，让人感受到一份世俗的宁静。

告别达利，我们下一项要参观的是由修道院改建的美术馆（Rehabilitation of Sant Pere de Roa），除了从外国专业杂志上找到的一张图片，我对其他一无所知。虽然地图上标注的地点离菲格拉斯不远，但司机、地陪不要说认得，就连听都没听说过，颇费些周折才找到了正确的道路。

修道院全景

修道院，钟楼

修道院，内院入口

　　车沿着曲折的盘山公路上行，两旁的风景已悄然变成了群山翠岭、寥廓苍天、远处云雾飘渺、海天一色。山路越来越陡，蜿蜒逶迤，但司机却开得十分平稳并不减速，弯来绕去，忽然前方约800米远处出现了一幢房子，形象与我们资料上的一模一样，哈，终于找对了！可惜，我们的车也只能开到此地，剩下的路要自己爬了。

　　这里真是人迹罕至，安静极了，只有周遭的林涛暗涌，那座修道院越来越近，矗立在巍峨苍山的腰畔，显得十分孤独又充满神秘，隐隐散射着一种远离尘嚣的气韵……与不久前热闹的菲格拉斯小镇对比强烈，令人感觉似乎走在出世的路上。大约这样的深山野谷才适合清心寡欲的修道生活，古时那些下决心要献身宗教的人们，又是怀着怎样的心情来到这里呢？

　　走到近前细瞧，修道院的外墙都是由不规则的厚重毛石与青砖砌筑，没有太多的残破，显然已经被精心修缮过了。此时下午4点半都过了，太阳已落在了修道院对面的山后，阴郁的天空下，斑驳的古旧建筑昭示着历史久远的一种隐遁。

　　绕着外面走了半圈，局部由玻璃和钢组成的通廊穿插在石墙中间，现代的技术与材料被运用在老房子上，更激起我们对里面改造的猜想。由于时间已不早了，我们一路上就担忧错过开放的时间。七拐八弯，我们终于找到了修道院的大门，一问，还卖票！太好了，一行人欣喜地涌入。

○ 展品

市雅明之墓 ○

市雅明之墓 ○

　　门廊看起来是利用原来的砖石基础加建的，一层是旧有的拱廊，二层砖石墙上是简洁的钢梁与金属板屋顶，其后是个宽敞的内院，整幢建筑依山势而修建，中间大厅、钟楼、地下室、侧面庭院高高低低分布在不同的水平面上，配合了内外楼梯、台阶、坡道，从这个内院就已经可以看出空间的穿插、转折、层叠，很是丰富。

　　正中间的大厅完全还是古典的形制，柱廊与拱券林立，表面的石材看起来平整光洁，森严肃穆的氛围笼罩其间；连接地下室的通道陡峭又狭窄，墙壁裸露着粗糙的石头，显露出修道院最原始的状态。二层侧向的一个庭院，马蹄形拱券环廊，中间是口井，这里呈现明显的伊斯兰风格，可以肯定，当初建造的年代，摩尔人一定统治过这片地区。一间小的祈祷室被改成放映间，早先灵魂救赎之地成为向游客宣传的窗口。

在修道院的一个角落，人们还利用旧建筑开设了一间咖啡厅，有着宽敞、带拱廊的休息平台，从这里眺望出去，是绵延的山谷与无垠的大海，除了绿色植物，我们再也看不到任何有人烟的痕迹，真是令人心生敬畏的文明边缘地。整个参观过程，除了我们，再没遇见他人，这个咖啡厅也是关门大吉。冷清的咖啡座，回荡着萧索与落寞的滋味。

内部的展品不是很多，有一些雕刻、石壁画和挖掘出的遗迹，用玻璃隔断保护着，每件展品都立着说明的标牌，可惜我看不懂西班牙文，不知这些艺术品有什么背景，为何收藏在此处。其实，这幢历史十分悠久的修道院，在这么一个孤立的环境中，却被如此精心地修缮、保护，它本身就成为向世人展示西班牙文化传承的一件艺术品。

纵观整幢建筑的维修与加建，现代材料、技术、设备的运用适度、内敛、精简，充分考虑地形地貌、尊重旧的本质和主导地位，新旧之间虽有对比却并不突出，新旧不着痕迹地连接在一起，新被旧吸纳而成为支撑旧的主动力。

在这么一个偏僻地方，按照自己的眼见推断，美术馆靠门票收入根本无法维持这里日常的开支和维护费用，肯定有基金会或政府的财政支持。西方人对待小规模的文化遗产态度实在值得我们思考，这点也恰恰说明了发达国家的文明与富裕程度。

从美术馆山上隐约可以看到我们今天最后一个参观目的地，但实际距离远比目测与地图上的都远，下山上山，车又向北开了近1个小时，我们来到了一个边境小镇，近在咫尺的对面山界就是法国了。

瓦尔特·本雅明之墓（Passages, Homage to Walter Benjamin），位于法国和西班牙交界处的海滨小镇上（Port Bou镇），为的是纪念哲学家和作家Walter Benjamin，它带有更多政治上的意味。

瓦尔特·本雅明由于受到法国政府和纳粹德国的威胁，于1940年9月27日在此地自杀。墓于1994年5月落成，很明显，设计师不想将他的作品看做一个纪念碑，而是想通过作品表达他对那些在西班牙内战和纳粹德国恐怖时期为了逃离极权统治而穿越法西边界的人们的敬意。作品深深扎根于这片土地，与周围的自然融为一体。

墓如同一个长条矩形筒状物斜插在山坡上，露出地面的是个简单三角形，顺着楼梯走下去，一面上部刻字的玻璃封住通道，往下看通道直抵海面，通道壁表面如铁锈般深沉。天色将暗，只能勉强拍照留念。

本雅明是德国犹太人，20世纪罕见的天才，是"欧洲最后一名知识分子"。他一生颠沛流离，曾在德国研究哲学，以一个自由作家和翻译家的身份维生，后被纳粹驱逐出境，移居法国；为了躲避盖世太保，1940年又移居至西班牙这个边境小镇——Port Bou，但他还是被纳粹所追逐，最后只好选择自杀。

同行的朋友中有位是中国人民大学美术系的教授，了解一些本雅明生平，告知上面的情况，让对哲学方面一无所知的自己也懂了点皮毛。每次与不同的朋友出游，总能得到有益的收获，真好！

计划中的游览都顺利完成，可时间已快晚上7点了，这里离巴塞罗那还有将近200公里呢！而且还要回去吃晚饭，不知能否在西班牙劳动法规定的时间内结束今天活动。一路往回狂奔，车刚进巴塞罗那市，看看时间所剩不多，道路上照例是拥挤，我们就预先致电餐馆把我们预订的饭菜打包带回酒店吃。路过餐馆，以最快的速度拿上车，立刻走人。终于，我们的车在晚上9点整回到了酒店。

结账、收钱、付小费，与地陪、司机结算，再抓紧时间了解酒店周围的情况，虽然旅行社告知我们酒店附近有直达巴塞罗那市中心的郊区火车，但为了方便明天大家出行，我和另一朋友先去探路，居然也不近，走了15分钟路才到火车站，搞清车次、开车时间、买好大家的车票后才返回。中午只是随便在菲格拉斯吃了点，现在早已饿得前胸贴后背。一看表，已经快晚上11点了，打包的饭菜虽然已经凉了，可还是被我一扫而空，这顿饭真香啊！

小贴士

1. 在加泰罗尼亚广场东侧有专线去菲格拉斯一日游的车。如果有"大眼睛"打折券，车费可以便宜3欧。另外，火车站也有定期火车。

2. 达利剧院博物馆及珠宝馆开放时间：10月—6月，10:30am—5:45pm，（12月25日、1月1日休息）；7月—9月，9:00am—7:45pm，闭馆前30分钟禁止进入，门票：10欧/人。

注意：门票含白色与黄色两张券，白色进博物馆，黄色进珠宝馆。珠宝馆门在旁边街道拐角处，很小的一个旋转门，很容易被忽略。

另外：很多旅行攻略称达利剧院博物馆是热门景点，有时甚至要排1小时队才买到票。我们是在淡季去的，虽然买票没费多少时间，但博物馆里人可不少，做好思想准备。

3. 修道院改建的美术馆：门票3.6欧/人。

第三节　城市印记——高迪的房子

安东尼·高迪（Antoni Gaudí，1852—1926），出生在南加泰罗尼亚，现代派运动中最出名、最具创造力、最伟大的建筑大师，作品奇特而又美轮美奂。他对色彩、材料以及各种曲线的运用精妙娴熟，创造出了世界上最奇妙、最富观感的建筑，为西班牙巴塞罗那城注入了独特的韵味，也为20世纪建筑史写下了辉煌的一页。他设计的建筑物矗立在巴塞罗那的角角落落，时至今日，这些建筑物已成为巴塞罗那的象征。

当地老百姓可能不知道西班牙总理的名字，但没有人不知道高迪，建筑师如此深入人心，恐怕世界范围也绝无仅有。

我们今天的计划是红线一日游，沿线多为高迪的作品，俗称高迪线。早上上班时间的郊区火车远没有国内那么人满为患，车上的男女老少都是本地的上班一族，神态安详自然。火车直抵市中心加泰罗尼亚广场，这里是市内最大的地铁换乘枢纽，有十多条线路在此交汇。

出站来到加泰罗尼亚广场，我们很快就找到了传说中的"大眼睛"。登上巴士二层的开放车顶，一路浏览市容，转过几个街区，远远就已看到楼群中那细细高高的几支"玉米"状尖塔，那正是巴塞罗那标志性的圣家赎罪教堂。

圣家赎罪教堂（Sagrada Familia，又名"神圣家族大教堂"），估计将是世界近代建筑史上修建时间最长的教堂，也是西班牙伟大的建筑家安东尼·高迪的遗作。无论你身处巴塞罗那哪一方，只要抬头就能看见它。这座教堂从高迪在世直到现在都在不停地建造，已经一个多世纪了，仍未完工，在它高高的塔顶上布满了脚手架。

圣家堂，东面

圣家堂，西侧

树干般的柱子

圣克鲁斯保罗医院

这是一座象征主义建筑，教堂的3个立面主题都代表了耶稣一生的三个阶段：诞生、死亡和荣耀。高迪设想在每个立面上都建4座尖塔，代表耶稣的12个门徒。中心还要建一个顶端带十字架的最高最大直冲云霄的尖塔，代表耶稣本人，目前也还尚无踪影。

在高迪去世的时候，东侧表现耶稣作为地球人的诞生立面已经基本完工，极其繁复细致的装饰和雕刻布满了墙面，多以《圣经》中的人物和场景为题材，显示出无与伦比的高超建筑技巧。

立面共有3个入口，中部最大的入口是"爱之门"（La Caritat），描述耶稣的诞生。最上方有带象征意义的绿柏树和白色和平鸽，顶端有一个"T"形十字架，寓意神带来的和平。

西立面表现的是基督的受难与死亡，它是后来的建筑师根据高迪的设计底稿建造的，现已基本完成。自然生动的石材改为光滑生硬的钢筋混凝土，耶稣被钉在十字架上、耶稣赴刑场、耶稣死亡等场景的雕像看上去生硬呆板、线条僵直，表现不出雕刻者面对耶稣受难场景所应融入到雕塑中的愤怒和痛苦，缺乏活力和感情。与高迪修建的诞生立面相比，它显得有点苍白无力，很难融为一体。

最明显的是教堂内支撑顶部的柱子，就和森林中的大树一样，柱子上还有如同树干上一样的节，而柱子的顶部被雕成树叶一样的形状布满天花板。如果你可以看到一张真的树林和教堂内这片柱廊的对比照片，你一定会不禁对高迪再现大自然的能力发出由衷的赞叹。

极其虔诚的高迪总是在建筑上运用各种独特造型、高高地指向天空的十字架，表达他想接近上帝的愿望。圣家赎罪教堂上参差错落的笋状尖塔、塔身上象征教义的字符、螺旋形的楼梯、形状奇怪的十字架、宛如从墙上冒出来的栩栩如生的人物雕像……给人一种离奇古怪的诡谲之感，使人们仿佛走

内院里的亭子

进了充满了圣经故事的建筑圣殿。

圣克鲁斯保罗医院（Hospital de la Santa Creui de Sant Pau）是巴塞罗那另一著名现代派建筑师多蒙尼克的杰作。

1905年，一位名叫保罗·盖尔（Pau Gil）的加泰罗尼亚银行家捐赠了一大笔钱给巴塞罗那，想要在城市建一所既美观又卫生的新医院。多蒙尼克在设计时充分考虑到了保罗的要求，他计划修建48个各具姿态的亭子，外表美观、色彩艳丽，内部要有绿地和充足的光线。考虑到医疗和卫生的需要，将最具传染性的病房设置在最后面，每个亭子只住28个病人，亭子之间巧妙地通过地下通道相连。但是到了1911年，仅仅建了8个亭子，资金就用完了，医院建设也因此一度搁置。这时正好位于老城区的圣克鲁斯医院也因年代久远，建筑和里面的设备都不堪重负了，于是就和新建的圣保罗医院合并在了一起，名字也合二为一，新医院最终于1930年正式完工。1997年，圣克鲁斯保罗医院被联合国教科文组织列为世界文化遗产。

圣家赎罪教堂北侧的高迪大街，是一条两侧各样小店林立、中间布置了咖啡座的步行街，绿树成荫，道路北端尽头，正对着圣克鲁斯保罗医院的大门与主楼。

红砖砌筑的房子，在门廊、柱子、窗棂、墙角、墙面、檐下、屋面甚至大门的栏栅、围墙等处，饰以众多砖雕、石刻、壁画、彩绘，窗户的玻璃都是彩色拼贴，

几乎每幢房子、每个细节都被修饰得美轮美奂，那些壁画雕刻，内容又多是嘘寒问暖、安慰祈祷，人物表情充满了关怀与怜爱，医院扶死救伤、普渡众生的宗旨在建筑上也得以充分体现。

同样是砖石、陶瓷片、马赛克等加泰罗尼亚地方材料，创造出来的形象与高迪的作品迥异却有另一番美丽。高大的门厅、廊道里，石材包裹、雕刻精细的柱子，马赛克群花图案的天棚，温暖的光线透射进来，令人觉得飘渺而舒适；庭院里草地、绿树、曲折的小路，环绕着8个圆形亭子领衔的病房楼，且不说造型、装饰的独特与精美，单单这些房舍的屋面，都是用色彩鲜艳的陶瓷瓦片铺就，组成的图案就如同五彩云霞一片片飘过……繁复的细节、艳丽的色彩，无论身在何处，随时随地地扑面而来，令人目不暇接……

这是一座正常运行的医院，透过窗户和医生护士进出偶尔被打开的门向里张望，病房内部的装修已然是现代简练的风格，洁白干净，不啻是座仙境中的医院。如此优美、清静的环境，想来，在这里看一次病或住几日院，也是一件愉快的事情。

离开医院，为节省时间和体力，我们坐一站地铁回到圣家赎罪教堂，继续搭乘"大眼睛" 游览，下一个目标是古尔公园（Parc Güell）。

这座英国式公园是根据出资兴建并将之捐赠给城市的古尔家族而命名的。古尔19世纪从古巴回来，开始把资金投资于巴塞罗那的建筑和房地产，他在这里遇到了高迪，并成为了高迪一生的仰慕者和资助人。高迪为古尔建了一系列的建筑。

1900—1914年，古尔先是买下了带有森林的小山上两块相连的地皮，建造了一个有60间房子的花园小区。

到了1918年，随着古尔的去世，投资停止了。此时，60个房间只建完了其中的2间。1922年，古尔的后代把这里捐给了巴塞罗那市，使之成为了

古尔公园，入口处

古尔公园，彩龙

古尔公园，百柱大厅

公众都可游览欣赏的公园。

在正门入口处，那两个有奇怪外形的屋顶、闪亮多彩的屋身的塔楼，一看就是高迪所建。左边的塔楼是以前的门房，顶部的烟囱像个蘑菇，又像是个长咖啡杯。右边的房子以前是接待室，现在里面出售所有和高迪有关的纪念品。两个塔楼顶部的十字架都十分奇特，结构复杂，高高地指向天空，表明了高迪虔诚地把心交给上帝的愿望。

在入口后是一段长长的阶梯，向上直通向"百柱大厅"。巴塞罗那最可爱的彩龙（颇像蜥蜴）造型原物就在这里，它被设计成喷泉状，将楼梯分成了几段。当时高迪考虑下雨时要将高处聚集的水流到下面，而平时看起来又要十分美观，不能像一般的排水管，就想出了这个将水从龙嘴里流出，再流入池塘内的设计。当然，现在从龙嘴里不断流出的只是自来水。

"百柱大厅"是以前的市场，由于当时没什么摊位光临，被古尔改为了小型音乐厅。86根陶立克式圆柱支撑着波浪形状的天花板，这些圆柱的一个作用是支撑屋顶，另一个绝妙的用途是排水：当下雨的时候，雨水会从顶部顺着这些空心的柱子流入地下再到阶梯扶手处。而顶部设计为几个大圆形拱顶交叠而成的波浪状也是为了能把水顺着拱面集中在相对位置较低的柱子处。用彩色石镶嵌的天花板，有的用绿琥珀，有的用装香水的碎瓶子装饰，大多为蓝色或绿色的圆形背景加上色彩斑斓的太阳图案，闪闪发光，十分漂亮。

"百柱大厅"的顶部同时也是古尔广场的地面，这里是高迪当初设计为60户人家举行聚会的地方，人们可以在这个自然的沙浴场内休息闲聊，举办各种活动。广场周围环绕着装饰精美、像蛇一样弯曲的长凳(Banc de Trencadís)，这又是美观和实用相结合的范例之一。

一方面，高迪偏爱曲线的设计；另一方面，曲线的座椅延伸了长度，具有可以让更多的人入座的实用功能。椅背上色彩艳丽奇特的图案是由破碎的瓦片和彩釉陶瓷碎片拼成的马赛克。这种粉碎的陶瓷色彩多变鲜艳，又特别适合曲线的设计，十分引人注目。随着一天光线的变化，马赛克的色彩也闪耀着不同的光泽，看上去真像赋予了生命的巨蛇或是巨龙。

园内建成的两座房子都是典型的现代主义风格，石头、砖、多彩的马赛克是主要的材料。其中一间是建筑师贝伦格尔（Berenguer）所建，这第一间房子也成为了修建其他房子的一个模板。房子建成后被高迪买下，他做了部分改造，并在这里渡过了他人生中的最后20年岁月。如今这里是高迪博物馆(Casa-Museu Gaudí)，里面有高迪设计的家具和一些个人物品，围绕着房子的花园内还有高迪用废铁制成的铁花，十分精致。

古尔公园，高迪博物馆，铁花

古尔公园，拱廊

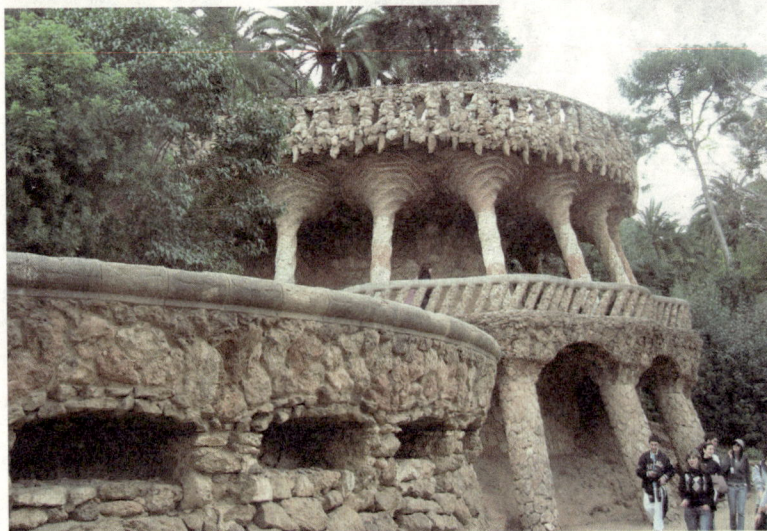

古尔公园，双层拱廊

　　另一间建好的房子在山顶上的森林中，被古尔的律师买下，现在他的后人还居住在那里。当初他们选择了这个幽静的地方，怕是也不愿被人打扰吧！

　　高迪十分尊重自然，自然是启发他一切灵感的源泉。他保留了山坡和地表原有的形状和高度，未做任何改动。连接各个高低不同地方的桥建成绿色的，就像是隐约其间的树木。各个以倾斜圆柱支撑、造型各异的拱洞和多层散步区也是根据本来地势的高低而建，材料均采用当地的石材。当你走在这些拱洞里抬头向上望时，你会发现犬牙交错的由一块块石头垒成的洞顶，石头间的缝隙都很大，之间也不似有粘结物，使人不禁担心是否会有石块落下。然而，近一个世纪过去了，从来也没有发生过这样的情况。

　　尽管我早已知道高迪其人，并从专业、非专业的各种书籍、杂志、网络等处看过很多高迪代表作的图片，但亲临他的建筑杰作，我仍然有一份欣喜与感动。尤其是漫步在这些阴凉的走廊里，看着赭黄色石块砌成的各种形态的柱子、墙壁，更加惊诧于高迪摆弄石头的神奇。

　　石头这种取材于大自然的建筑材料，运用在建筑上，通常象征着坚定、牢固、顽强和永恒的品质，伴随着的往往是沉着、冰冷、直线条的自身性格。但石头到了高迪手中，仿佛被赋予了师法自然的灵性，棱角消失，变得活跃、温和、柔软，如同橡皮泥一般被他拿捏、把玩，随心所欲地把直线的材料塑造成千姿百态弯曲的形状，无论教堂那曲折毛糙的高塔表面，还是公园里倾斜、起伏的柱廊，让石头来演绎出动感、飘逸、流丽的特质，散发摄人的魅力，真是鬼斧神工，令人称绝。

　　参观完古尔公园，我们登上"大眼睛"继续红线之旅，在巴塞罗那的市区，遭遇高迪实在是一件平常的事情。我们在车上很快又看到一幢特色鲜明的房子，赶紧在离之最近的车站下车。

古尔之家

对照手中的介绍册，这栋带花园的房子果然是高迪的作品——古尔别墅（Pavellons Finca Güell）。来到近前，大门紧闭，门口门铃旁的小牌子标注这里是私人住所，一周只有个别天在早上9点到下午2点间开放，现在已经过了开放时间，我们只能在围墙外窥视局部了。

这幢建筑的规模不大，墙面是奶黄色，整齐排列波浪花纹装饰，立体感突出又十分有韵律，墙角屋檐饰以咖啡色的砖砌线脚，屋顶的小圆塔镶满彩色马赛克图案，玲珑小巧的二层楼，宛如新鲜出炉的巧克力奶油蛋糕，好一份卡通情趣！

　　出生于铁匠家庭的高迪，作品中的金属花饰也是他装饰的重点之处。这座花园洋房不规则的、抽象图形的铁艺大门，也暗示着里面趣味十足的居住环境。

　　红线的下一站，我们选择在诺坎普体育中心（Camp Non，巴塞主场）下车。呵呵，巴塞罗那队的主场和皇马的主场相比真是天壤之别，这是一个正经八百、规模很大的体育中心，虽然今天不是周末也没有比赛，可人来人往的热闹气氛，好像过节似的。

　　体育场外的小摊有着各种巴塞队的纪念品，花里胡哨，让人眼晕；主场从外面看去，大片的玻璃幕墙、轻挑的金属铝板雨棚，气势宏大的体型、新颖现代的材料，这种形象与西甲豪门的身份还比较般配。体育中心除了球场，还有其他种类的场馆、配套的饮食服务设施，俨然是个平时也可以进行活动、娱乐的地方，不少西班牙家长带着他们的孩子出没在这里，加上我们这样的游客，这里真是时刻都洋溢着欢快的情绪……

诺坎普体育中心，球场外

宣传廊里贴着大幅球星的招贴画，值得留意的是俱乐部还有专门的博物馆，内有球队历史与成绩及有关运动员的展览，这里的纪念品商店比皇马的大，品种也多，可以购买到球队的各种纪念品，这里可是全球最正宗的哦！不过对于我们，不想耽搁太多时间，到此一游吧！

附：米拉之家

巴塞罗那显要的成功商人皮尔·米拉（Milà I Camps）和他的新婚妻子——一位漂亮富有的寡妇准备在格拉西亚大街(Passeig de Gràcia)上共筑爱巢，于是决定聘请高迪这位当时最有名的设计师为他们设计新家。

"米拉之家"于1906年开始动工，共费时4年建成。它是高迪在设计神圣家族教堂之前建造的最后一栋世俗建筑，其中汇聚了高迪得以闻名于世的诸多建筑要素，自然主义、曲线设计、奇形怪状的烟囱、粗大的圆柱等，堪称他最成熟的作品，也是当之无愧的现代主义建筑代表作，1984年被列为世界文化遗产。

建筑物的造型仿佛是一座被海水长期浸蚀又经风化布满孔洞的岩体，墙体本身也像波纹荡漾的海面，富有动感。外墙墙面的圆角圆滑得几乎看不出角度，以至于从外面看上去更像是一段圆弧而不是三角形的两个边。凹凸不平、蜿蜒起伏的墙身是高迪不知经过多少次突起和四进的角度的改动才达到的自然效果。屋檐和屋脊有高有低，呈蛇形的曲线，小阳台栏杆由扭曲回绕的铁条和铁板构成，挂在墙面上，如同大海中一簇簇杂乱的海草，诱惑着水下的生物。

"米拉之家"最吸引人之处在它的天台。沿着螺旋形的楼梯登上屋顶之后，从两个中空的内院向下望，四周墙壁、铁柱和缓和优美的曲线更完美无遗地展现在眼前。另外，屋顶上有趣的烟囱让整个空间变得很梦幻，这几个

米拉之家

米拉之家，屋顶烟囱

有大有小、形态各异的突出物体，其造型有的像一个个带着头盔的武士，有的像神话里无名的花蕾，有的如天外来客……

公寓内部围绕着两个露天的内院而建。高迪的创新在于摒弃了以往惯用的方形内院设计而改为圆形，将之设计成上边缘突出去的圆塔。从高空看去，这两个边缘伸出的内院就像是两个大漏斗，企图将周围的一切阳光和空气吸入。内院的周长设计得尽可能的大，以便让更多的阳光照进环绕四周的公寓，但由于公寓的墙壁呈环形，射进去的阳光就像是在圆塔中跳舞，在墙壁和窗户上交替地变换着明与暗的步调。

顶楼还设有一个高迪建筑展览室，天花板是类似哥特式的肋拱，陈列着各式汇集高迪精髓的建筑模型、高迪设计的家具等，辅助多媒体电脑、幻灯片轮回播放介绍着高迪散落在巴塞罗那市的其他建筑作品。

从"米拉之家"出来，巴塞罗那的夜幕已经降临，格拉西亚大街灯影摇曳、车流穿梭，我们在领略了当地特色菜肴TAPA后，一天的活动还没结束。我又与两位友人游荡到兰布拉大街，寻找上演弗拉明戈舞的酒吧。我们按图索骥，在门牌号指明的地点来回转了三四次，偏没找到。进入一家酒店的大堂询问，工作人员热情地给我们指引带路。嗨，原来酒吧就挨着酒店，因门脸只有1米多宽，实在不起眼，几次路过都被我们忽略了。

入得门内就是楼梯，窄窄的楼梯上到二层，空间豁然开朗，灯火通明，外间布置了餐桌椅，里间是个小小的表演厅，中间是一块突出地面20厘米、10多平米见方的木制舞台，时间正好，晚上10点开始的一场演出正好被我们赶上。

演出的内容分三部分，吉他演奏、歌唱与舞蹈。当周围灯光渐暗，人们的目光聚焦在中心的舞台，吉他声起，时而热烈时而哀婉的旋律，伴随着歌手的浅唱低吟或者高亢喊叫，歌者的表情完全沉醉于音乐之中。最吸引人的当然还是舞蹈。

跳弗拉明戈的男性舞者，是年轻英俊而身材精壮挺拔的帅哥，脚和手是其舞姿的重点。在弗拉明戈艺术里，手和脚也可以是一种乐器，是一种可以叫做"响板"的乐器。带有魔力的双脚踢踏出的连珠般的节奏，震撼人心；手上的响指，并非通常的拇指与中指、食指的碰撞，而是由拇指从小指一气划过无名指、中指、食指，打出的声音与节奏清脆而富力度，一曲下来，通身大汗淋漓。

而女性舞者，基本都是丰乳肥臀水桶腰、人到中年的妇人，上身挺直，飞速旋转，层层叠叠的大红莲莲裙，舞出波浪翻涌的曲线。脚上穿着粗跟的高跟鞋，不时用鞋尖或者鞋跟撞击地面，配合上身的手部动作。没有纤细腰肢，没有光洁脸庞，表情绝对神圣专注，或许只有这样的年纪，才能跳出弗拉明戈的真谛，演绎人世沧桑。无论怎样的生命，都有自己的尊严。

舞蹈的编排，多为单人舞，偶尔穿插一小段男女双人舞，动作从艺术美的角度，似乎比不上原先在DVD里看过的那些精心编排、有专门内容表达的弗拉明戈舞。但这里跳舞的每个男男女女，转身、踢腿、踏步、击掌、捻指，每个动作节奏都快如急雨却清晰利落，显示了高超的个人技巧，表情与身体语言合二为一，扎实有力的肢体，直慑心魄的眼神，肃穆决绝的表情，组成了富有爆发力的狂舞。旋律犹如人生的一首战歌，舞蹈是对生命的直接诉说与宣泄，或许这才是纯粹、原始、质朴的弗拉明戈。

高迪，寂寞的巴塞罗那之子

从超凡脱俗的圣家赎罪教堂到他早期的作品，徜徉在高迪的房子里，那些天真生动的造型，对色彩、材料随心所欲地驾驭，他的房子不是常规的建造，更像是在雕塑。

惊讶与赞叹之余，不禁令人猜疑，社会舆论普遍认为搞艺术的人的触觉会更纤细，情感会更丰富，像毕加索一生有多少恋情发生，达利也有加拉陪伴，而整个巴塞罗那乃至西班牙建筑业的天才、大师、灵魂人物高迪，能把硬邦邦的建筑线条魔术般地化解成绕指柔肠的男人，这样一个笃信幻想和童心的感性人物，这样富有才情、内心世界丰富多彩、性格中也不乏亲近大自然成分的正常人，难道脑子里就没有风花雪月？没有遇到过对他仰慕的异性？

他终生都像是一个闭塞的死脑筋一样完全沉浸在自己的童话世界里，而冷落了窗外的人间春色。他把时间都献给了建筑，缄默隐忍地工作着，当别人问他为何在教堂很高的、常人看不见的地方还如此关注细节时，高迪答曰："天使能看见。"

他的生活极为简朴，衣着近乎寒酸，甚至曾被人误认为是乞丐，没有家人、没有娱乐，只有他的建筑。当他晚年工作回家途中遭遇车祸，人们只凭衣着将他送进了穷人医院，最终因没得到及时治疗而与世长辞。

他的那些作品，生前并没有得到广泛的认可，甚至到20世纪70年代，米拉之家等还是不太有人想住，美国人更是把高迪的作品形容为花里胡哨、华而不实。直到20世纪90年代初，高迪的加泰罗尼亚现代派作品才开始被广为称道、被大众喜爱，人们开始传颂他自然主义作品中洋溢着的浪漫和反传统精神。他生前是寂寞的，死后还是寂寞的，他虽然被葬在未完工的圣家赎罪教堂下面，现在每天慕名而来这里的游人络绎不绝，但这喧嚣的表面无法掩盖他那颗孤独的灵魂，高迪始终是一个寂寞的独行侠，不仅在今天，还在漫漫的将来……

小贴士

1. 圣家赎罪教堂 开放时间：10月—3月，9:00am—6:00pm；4月—9月，9:00am—8:00pm，关闭前15分钟停止售票，门票：8欧；"大眼睛"优惠价：7欧；电梯登塔：2欧，在西、东边各有电梯可以登塔，要排很长的队。

2. 圣克鲁斯保罗医院，免费参观，周末10:00am—2:00pm有专门的收费导游游览，每30分钟一次。

3. 古尔公园（Parc Güell），免费，早10点开放。但大约是巴塞罗那游人最多的景点，若想玩得痛快又拍点好照片，尽量早点去。

4. 诺坎普体育中心（Camp Non，巴塞主场），球场和博物馆是联票，价格11欧，"大眼睛"券可以9折。
开放时间：周一到周六，4月2日—10月28日，10:00am—8:00pm；10月29日—4月1日，10:00am—6:30pm；周日及节假日：10:00am—2:30pm；1月1日、1月6日、12月25日关闭。

5. 西班牙特色小菜Tapa。不过有一点，Tapa任何一家店都可以提供数十上百种Tapa。Tapa清一色都是咸的，其中又分为凉食和热食，肉类、海鲜和蔬菜等。凉食部分，主要是面包夹馅，各种馅料淋上橄榄油，洒上洋葱末、蛋黄酱等，十分美味。热食的Tapa多数是油炸的，像炸乌贼、炸小章鱼、炸鸡翅等，还有香烤咸酥虾、香蒜虾、蒜泥蘑菇等。西红柿青椒拌章鱼是一道老少皆爱的Tapa。肉类Tapa，有烤小羊排、烤猪肉串、煎肉片、炖牛肚、烤猪耳朵等。
巴塞罗那著名的Tapa餐厅：CerveseriaTapaTapa，地址就在高迪巴特洛公寓（Casa Battló）的对面。价格通常在3—4欧左右一份。

6. 酒吧欣赏弗拉明戈舞
加泰罗尼亚虽然不是弗拉明戈舞（Flamenco Dance）的产地，但也还是可以看到。
El Cordobés 地址：La Rambla, 35 电话：933 175 711
网址：www.tablaocordobes.com
开放时间：晚餐19:00，20:30(只在3月到10月)，22:00。
表演：20:15，22:00(只在3月到10月)，23:30，每场70分钟。
价格：60欧元晚餐和表演；30欧元饮料和表演。

7. 米拉之家 开放时间：11月—2月，9:00am—6:30pm；3月—10月，9:00am—8:00pm，关闭前30分钟停止售票。1月1日、1月6日、12月25—26日关闭。门票：8欧，"大眼睛"优惠价：7.2欧。

第四节　平民大师——密斯与让努

今天游览的这条线串连着诸多博物馆、1992年奥运会场馆以及海岸风景，一天的时间有限，只能挑我们感兴趣的重点。一早起来就阳光明媚，我们依然满怀一份期待，先乘郊区火车抵达加泰罗尼亚广场，坐到"大眼睛"的上层，最先经过的是格拉西亚大街。

格拉西亚大街目前已经成为了巴塞罗那最富有城区的中心骨架，取代了兰布拉大街而成为城市上层阶级居住区最时髦的散步大道。露天剧院、花园、喷泉沿街可见，时髦的购物店连成一线，构成了巴塞罗那购物带中最吸引人的一段。最令人眼花缭乱的是满街引人注目的建筑，或现代，或古典，有的声名显赫，有的默默无闻，有的狂放不羁，有的古典文雅，保证让你眼花缭乱。用个形象的比喻，兰布拉大街就像上海的南京路，格拉西亚大街则类似上海的淮海路。

在格拉西亚大街上最有名的地段被称为不和谐街区，它聚集了现代派的三位最著名的建筑巨匠——高迪、多蒙尼克和皮格的三件作品。这三座建筑都是他们在原来旧房子的基础上改造而成，但改造后的建筑已经完全脱离了原样，成为了他们展现自己设计风格的舞台。所谓"不和谐"，不是指这三座建筑放在一起不和谐，而是指这三个人完全不同类型的现代派建筑风格。

位于街角的耶欧莫雷拉之家（Casa Lleó Morera）由多蒙尼克设计，是扩建区最古老的建筑物之一，有着现代派风格的花状立面，地面橱窗已被西班牙著名皮件品牌罗威（Loewe）占有，内部装饰十分精致迷人。

由皮格设计的阿马特耶之家（Casa Amatller）是街区上最早被重塑的建筑。用方正的砖堆砌成呈阶梯状的尖屋顶，几何图案绘满墙面，上部阶梯

格拉西亚大街，不和谐街区

不和谐街区，耶欧莫雷拉之家　　　不和谐街区，阿马特耶之家与巴特罗之家

状的红褐色镶边和小点缀让人很容易联想到浓香的巧克力，原来这个建筑是为巧克力制造商阿马特耶建造的。

与它比邻的巴特罗之家(Casa Batlló) 是众所周知的高迪名作，这个由面具般的阳台、人骨状的细柱、恶龙盘旋的屋顶组成的建筑，在夜晚的灯光下显得尤其诡异慑人。

西班牙广场是1929年万国博览会的起始点，这里也是蒙杰伊克区通向附近其他区域的交通枢纽。在广场的中心有一座巨大的喷泉，是由高迪的合作者约瑟夫(Josep Maria Jujol)设计的，底部马蹄形的池塘内注满泉水，象征西班牙的河流长流不息。竖立的巨石周围和顶部都有优雅的灯饰和精美的雕塑装饰。广场和主要的展览大街玛利亚·克里斯蒂娜(da Maria Cristina)相连接，这条大街的周围因有众多的会展场馆而闻名，入口处有两个非常醒目的威尼斯风格的尖塔。

西班牙广场，威尼斯尖塔

西班牙广场，国家宫

　　站在西班牙广场向两座尖塔内望去，以前独裁者弗朗哥居住过的威严庞大的国家宫，就像一个高高在上的统治者端坐当中，呈对称形状的几个塔楼簇拥着中部较大的塔楼，这是一座意大利文艺复兴风格的建筑。

　　迈过长长的台阶进入国家宫内部，这里现在是加泰罗尼亚国家艺术博物馆（Museu Nacional d'Art de Catalunya），里面的主要收藏有世界上最精美的罗马式画作和现代艺术品。共有21个展厅，其中最引人注目的部分是从加泰罗尼亚各地的小教堂收集来的罗马式宗教壁画。

　　西班牙广场最令人印象深刻的是魔力喷泉、色彩和音乐的变化组合进行艺术表演，乐曲多为耳熟能详的瑞典著名乐队组合阿巴（ABBA）的舞曲。光与水是夜晚的魔术师，它们在音乐节拍的伴奏下，忽强忽弱，忽明忽暗，呈现出令人感动的活力与生命力。

　　储蓄银行基金会总部（CaixaForum）于2002年2月开放，机构位于以前由皮格（JosepPuig Cadafalch）设计的一个工厂中，在没有改变这座现代派建筑杰作原来外观的前提下，内部经过了整修，并新开拓、

西班牙广场，音乐喷泉　　　　　储蓄基金会博物馆

延伸了一个地下4400平方米的空间。这个多功能场所为社会、文化和教育主题的各个项目活动提供了空间，可以一次举行三场展览。其中一个展厅展出了800多件当代艺术品，再现了当代艺术的发展过程，被认为是最重要的欧洲同类展览之一。

附：巴塞罗那德国馆

巴塞罗那德国馆，八根钢柱支撑，两片薄薄的平屋顶，一大一小两个水池，若干片玻璃或大理石的墙体，构成一间开敞的主厅及两间附属用房。如此一座普通人看来非常不起眼的小房子，却是人类建筑历史上不可忽略的伟大杰作，它的诞生和存留包含了一段曲折的历程。

密斯·范·德·罗 (Pavelló Mies van der Rohe)，1886年3月27日生于德国亚琛，未受过正规的建筑专业训练，童年时随当石匠和泥瓦匠的父亲学习石工手艺，后进入一家事务所从事建筑设计工作。他凭着惊人的天赋，在建筑实践中获取了许多知识与技能，成为推动现代建筑的先锋人物。

1929年，巴塞罗那第二度举办万国博览会，密斯受委托设计德国展览馆，建筑除了被要求"表现德国工业的潜力"外，没有其他任何功能上的规定。建成的德国馆，形体十分简单，墙体、屋面、柱子都是横平竖直的线与面；用材考究、细部精湛，灰、绿、红色的大理石，磨砂玻璃与镀克罗米的柱子，突出材料本身固有的颜色、纹理和质感；形成的空间十分流通，室内和室外相互穿插，没有明显的分界。

一切都是非常简单明了，干净利索。展览馆中除了几处桌椅和一座水池里的人物雕塑《黄昏》，并无任何东西展出。它是一个建筑空间，供人参观的亭榭，本身就是一件展品，一件艺术品。

这所小房子，从设计、建造、竣工展览，再到博览会结束被拆除，仅

巴塞罗那德国馆，东侧局部　　巴塞罗那德国馆，主厅内景　　巴塞罗那德国馆，主馆与大水池

仅存在8个月，却因灵活多变的空间布局、新颖的体形构图和简洁的细部处理，彻底体现出密斯"少就是多"的建筑理论，从而成为现代主义的代表作。当年有幸亲眼见到这所房子的业内人士并不多，这座建筑是通过照片、图纸得以广泛的传播，成为全世界建筑师、评论家心中一个永不褪色的现代建筑典范。

　　1957年，一位西班牙青年建筑师——博希加斯致信给早已功成名就的密斯，建议重建这个馆舍，大师回复恐耗资巨大难以实现，愿望良好遂成泡影。光阴荏苒，到了1981年，这位西班牙建筑师成为了巴塞罗那市的城市部部长，虽然密斯早在1969年就离开人世了，但他对密斯的热诚丝毫没有减退，他充分利用自己的权力，创立了密斯—德国馆基金会，向公私各方募集资金。

　　重建工作艰难而缓慢，当年的施工图纸早已不知去向，人们只能通过留下的照片、草图和文字资料一点点的研究、实验，个别材料在不违背密斯原作的精神下做了替换改进。1986年，在耗费100万美元、经过16个月的精心施工，巴塞罗那德国馆在原址上"死"而复生，得以向世人永久展示历史曾经的非凡。

关于这所小房子的由来、其后的曲折经历，以及建筑本身、其倡导的理论，甚至它的设计图纸、影像图片，还在大学读书时代，就早已深深印在了我的脑海，并烂熟于心，但我却从未想过有朝一日能够亲眼目睹原作。现在置身其中，我心怀一份顶礼膜拜的崇敬，静静地感受现代主义大师的杰作。虽然是仿制品，它也足以让人叹服了。大片半透明玻璃墙，轻盈的结构体系，深远出挑的薄屋顶，似开似闭的空间感，自然精细的拼花大理石墙，清浅透彻的水池，就连椅子都是密斯亲手设计，名曰"巴塞罗那椅"，风靡至今。

或许在普通人看来，这所外形并不吸引眼球、规模平常的小房子，与盖里的古根海姆博物馆、卡拉特拉瓦的科学艺术城，以及高迪的那些梦幻般的教堂、公园、住宅等实在无法相提并论，但盖里、卡拉特拉瓦、高迪他们独特的个人风格虽具创造性却没有普遍的指导与借鉴意义，而密斯的这所房子及其中所包含的建筑理论，对现代建筑产生的影响，程度之深、范围之广，是任何其他建筑都不具备的。从那时持续至今，全世界的专业人士在他们的建筑实践中，都自觉或不自觉地运用密斯倡导的理论，创造了实用而舒适的建筑空间，为范围甚广的民众时刻发生的日常生活服务着。

巴塞罗那人复原了这所小房子，大师的名字也被印在游览册里，和建筑一同成为一个标记。它向人们展示了历史上前所未有的建筑艺术与质量。正如评论家写道："即使密斯不设计建造别的建筑物，这个展览馆也将使他的名字永留史册！"

告别密斯的经典，我们乘坐"大眼睛"爬上了蒙杰伊克山，山丘起伏甚缓，令人赏心悦目的公园和花园遍布这一地区，这里是1992年奥运会的主要场馆所在地，也是城市西部的"绿肺"。一座高耸入云的纯白色通信塔成为视觉的焦点，这是蒙特胡依克电信塔，它是由瓦伦西亚建筑师卡拉特拉瓦设计，曲线优雅，简洁大方，又充满雕塑性的动感，成为了巴塞罗那地标性建筑。它的另一个作用是充当日晷，底座有显示时间的刻度盘，通常被观光客称做奥林匹克环。

位于蒙杰伊克山上（Montju c）的米罗基金会是一座漂亮的纯白色建筑，1975年6月10日正式对公众开放。这座由米罗的朋友约瑟夫·路易塞特（Josep Lluis Sert）所设计的博物馆，就如同米罗的艺术品般明亮、大胆，偌大的窗户将室内外光线与景色互通，充满现代气息。

作为个人博物馆，它的整体与内部设计均以人为本，使之成为接触米罗的十分理想的空间。博物馆堪称全球搜集米罗作品最完整的地方，展出雕塑、纺织品、油画、素描、手稿等作品1万余件。

进入博物馆的大门，正对着的是一个开阔庭院，庭院中间树立了一个类似一把叉子的雕塑，在城市与山脉的背景下，似乎有种俏皮的味道。

主展厅是个方形的房间，头上玻璃屋顶透射下的光，让这个展览空间光线充足。特别是三边环绕着坡道，让下层与上层展览室相互贯通，参观路线的设置十分流畅，让人不知不觉就迷失在遐想的空间里。

胡安·米罗（Joan Miro1893—1983），超现实主义艺术大师。米罗的画风，总是有一种天真、无邪、贪玩的风格。他以有限的记号要素还原做画，达到现代画自由表现的境地，作品幻想虽神秘，表现却明晰，画面充满了隐喻、幽默与轻快，表现孩童般的纯朴天真，并且富有诗意。他主张绘画所表现的神秘，必须以具体的自然形象作基础。

米罗于1893年4月20日出生在巴塞罗那。在很小的时候，米罗就表现出对大自然风景的极度热爱，对于自己成长的地方更是如此。他14岁时进入巴塞罗那的St. Luke 艺术学院。从1919年起，他在巴黎度过了大部分时间，早年的作品显示出受多种现代运动"野兽派"、"立体主义"（他是毕加索的朋友）和"达达主义"的影响，但他与超现实主义仍保持着联系。

他一生的作品，无论是抽象还是象征，都忠实于超现实主义的原则，从逻辑和理智中把无意识的创造力释放出来。1925年至1927年间，为响应超现实主义自动性绘画的理论，他创作了许多自发而快速画成的"梦"画。在这些画中，他开始发展出符号语言，"以宇宙和性为题材"是他后期许多作品的特色。他的作品间或自由，间或精密，有时两种极端汇合于同一幅作品之中。

自1960年起，他的画偏向单纯而大胆的抽象，并以高度创意运用他个人独有的符号语言。他曾实验了各种不同的非传统性的技巧，如撕纸和焚烧。他对战后绘画（尤其是抽象性表现主义）的影响颇为巨大。

虽然同为超现实主义大师，但米罗与达利的具象画风完全不同。米罗的抽象画更有种无拘无束、自由自在的风格，似乎是茫茫宇宙间飘过的象形文字，或是外星人的足迹；有的仅仅是亮丽色块，让人觉得像一个童年美丽的梦；有些又是在描绘生命，炽烈的、鲜活的生命！用简单的点、线、面，明亮而活泼的色彩，勾勒出天地男女日月星辰，这是米罗的作品给我的最直接的印象。

奇思遐想的内容、涂鸦般的原始形状，虽然也不是常人一眼可以看透或理解的，但随性而富童趣、明净而快乐的画面，很有亲和力与幽默感，能产生一种说不清却又贴近人的魔力，而在这种魔力的深处，又能找到一份清新与平静。

所以，与达利相比较，米罗的画作、雕塑等更容易赢得普罗大众特别是孩子们的青睐。博物馆里、天台上那些活泼好动、络绎不绝来参观的西班牙儿童，更加印证了这点。在参观过程里能与众多孩子们为伴，让我又尝试了一次对自己童心的呼唤，再次体会到了纯真带给人的趣味与快乐。

展厅内景

天台上的雕塑

第五节　海岸风景线

　　巴塞罗那码头是停靠游船和主要去往意大利的渡轮的停泊码头，在世界各大港口城市中名列前茅。在码头的中央耸立着加乌玛一世缆车塔（Torre de Jaume I），这座高塔是连接巴塞罗那塔（Barceloneta）和位于蒙杰伊克山缆车站的中转站。

　　从这里眺望码头最尖端处有一座十分醒目的白色船形建筑，那是巴塞罗那世界贸易中心（World Trade Center）。它由4个八层的弧形建筑拼合而成，中间的空地有一座小喷泉，从侧面看就像是一艘巨轮停泊在水面上。近两年来，这里已经成为在巴塞罗那进行国际商务活动的基地和各大国际贸易公司的办公汇聚地。

　　世界贸易中心规模宏大，虽然也出自名家之手，但显然没有密斯的小房子来得可爱精致。看上一眼拍两张记录式的照片，我们继续坐车来到哥伦布纪念碑下。这里是著名的兰布拉大街（La Rambla）的终点，也是游览港口区的起点。

　　抬头仰望，哥伦布站在高高的大理石柱子上，一手拿着羊皮地图，一手指向远方的大海，柱身有凌空飞舞的女神环绕，底座四周雕有八只巨大的黑狮，威风凛凛，象征着西班牙人不畏艰险的航海精神。

　　塑像广场正对着海岸，开阔又宽敞，周围的建筑多是细部装饰繁复的古典式，清楚地表明这里曾经是历史上贸易往来频繁的老海港。

　　岸边伸出一个半岛，把小小的港湾包围了四分之三。有一座很独特的木制吊桥，把剩下的四分之一都围上了。桥身是双层的，上层贯通，桥面铺满了木地板，底层称为观景驳岸更合适，流动的曲线形状，仅比海面高出一

世界贸易中心

哥伦布雕像

海上兰布拉，市吊桥

点，弯下腰就可以触摸到深蓝色的海水；桥上立着一段段顶部呈"S"状曲线的栏杆，好像一条条鱼穿行于波浪起伏的海中，或者想象为"鲤鱼跃龙门"也不错，十分形象生动。

估计因为这里离兰布拉大街不远，这座桥被称为"海上兰布拉"(Rambla del Mar)，是老港口一带的标志。

我们正漫步在上层桥面，突然听到"嘟嘟"的几声鸣笛，桥上的通行灯由绿色转变为红色，工作人员拦住了桥上两边来往的人流，清空中间一段桥面，我马上意识到这座桥要被打开，因为有船只进港或出港。我和友人退回到下层桥面，准备拍摄桥向空中打开的情景。

出乎意料的是，桥的打开，并非以前见识过的那种桥面向空中伸展，那段空出的活动木桥，由底下独立支撑的柱子，在水平面上作90度旋转，桥的一侧让出了航道，游艇缓缓穿过驶进港湾，而后桥又转回原先的位置合拢，桥上的交通又恢复了，呵呵，有点意思！

半岛正式的名字是西班牙码头（Moll d'Espanya），包含港湾在内，这片区域通称为贝尔港（Pore Vell）。聚集了最吸引游客和当地人的三大建筑：集商业、娱乐、餐饮于一身的玛雷玛格姆大楼(Maremagnum)、IMAX 电影馆(采用Imax，Omnimax 和三维制式放映全景电影、立体电影)和欧洲最大的水族馆（L'Aquarium）。

这里宽阔整洁，到处是棕榈树婆娑的身影，红砖铺地搭配大片绿草坪，造型类似扬帆的现代路灯、雕塑，游乐嬉闹的人们，气氛明亮欢乐又充满趣味，海鸥三五成群地在空中翱翔，偶尔停在高高的栏杆上，惬意悠闲得很。

贝尔港另一引人注目的景象是停泊在港湾里的上百艘游艇，白色的船大大小小，高高的桅杆密密麻麻，颇为壮观。如此一片白色漂浮在蔚蓝的大海上，随着缓缓荡漾的海浪上下微微起伏着，阳光照得海面波光粼粼，这一景

海上兰布拉，玛雷玛格姆大楼　　　港口帆船　　　贝尔港，巴塞罗那的微笑

象是多么令人心旷神怡啊！

马路交汇的中心，是那座著名的城市装置艺术——《巴塞罗那的微笑》，细长变形的女性人脸，面颊旁似乎是长发随海风飞舞，夸张弯曲的眼睛、鼻子都被调动成贯通面部，亲切地招呼着来自世界各地的友人。

对岸一幢黄色的砖砌房子，是加泰罗尼亚历史博物馆，由从前的仓库改建而成，一层是漂亮的圆拱形门廊，让人遐想加泰罗尼亚从史前时期到现在的历史命运。如果在巴塞罗那的时间再多些，我觉得花上整整一天时间看各种各样的博物馆都不会觉得闷。可是毕竟值得看的东西太多了，于是我们又一次背上行囊汇入人流，登上"大眼睛"去寻访下个目标。

巴塞罗那为办好1992年奥林匹克运动会这一重大体育赛事，城市历经了很大的改变。整个奥林匹克港的修建，奥运村的建设，蒙杰伊克区体育场馆设施、花园公园的建设和城市交通网、通讯网的搭建，使巴塞罗那"旧貌换新颜"。按照当地人的说法是，"经济发展比正常速度提前了20年"。虽然遇到了许多困难，最终城市的软硬件都实现了质和量的飞跃。

奥林匹克港

奥林匹克港，巴塞罗那塔

奥林匹克港(Port Olímpic)所在地曾经是破旧的仓库和工厂，巴塞罗那人把这些占据着优美地理位置的工厂迁到了远处的山边，取而代之的是公园绿地、现代化的酒店办公楼和美丽的奥运村。1992年奥运会帆船比赛中心也设在这里，现在已经成为休闲娱乐区，但还可举办各种海上活动。

从老港到这里，绵延的海岸线之侧，建筑从中规中矩的古典式，一跃而变换成新锐的现代派，星级酒店、各式餐厅、购物中心鳞次栉比，典雅的旧时建筑见证了昔日的辉煌，林立的现代商楼写下了今朝的繁华。高耸的两座塔楼，好像一对孪生兄弟俯瞰着整个奥运村，其中一座是写字楼，另一座为五星级豪华酒店，是巴塞罗那寥寥可数的几个高层建筑之一，被称做"巴塞罗那塔"，是整个奥林匹克港的标志。

两个孪生塔楼下面是著名的"鱼餐厅"，一座闪闪发光的巨大金鱼雕塑，由钢构架与红铜色的金属条组成，架设在室外餐区的上方。鱼雕塑是盖里的作品，他在此处运用了这样具象的设计，不知是否也为了与港口餐厅那些美味海鲜的主题呼应或是"画鱼点睛"呢？

巴塞罗那塔不远处的海滩，一座圆形的白色六层楼是我们计划寻访的目标。这里曾经是举办奥运会时的气象中心，现在成为服务于港区的信息中心。建筑也出自普利茨凯奖得主——葡萄牙人西扎之手。只是这幢房子，现在看来表面的朴素材料已失去应有的精细与光辉，似乎有点粗劣的迹象，实在难以与名家联系，或许说更像一个刚出道的实习生练手之作。这是我们此行中看到的最失望的大师之作！看来大师也不是每次都出好东西的。唯一可提之处是这个简单的圆体形雕塑感和尺度在整个海滩上还比较协调，总算还对得起这片美丽风景。

沿着弯弯长长的海岸线，铺着一条布满棕榈树和现代雕塑的滨海大道，与惹人心醉的蓝色海洋就相隔一条几十米宽的金色沙滩。沙子洁净而细密，

奥林匹克港，海滩

圣卡特利纳市场，大门

虽然还没到夏季，但海滩上已经有了在躺椅里静静享受时髦日光浴的游者，也有了逍遥自在玩沙滩排球等的人们。

高大挺拔的棕榈树，翠绿的阔叶随海风摇曳，桅杆帆船静静地停泊在港湾，一间间在白色遮阳篷底下的快餐厅和咖啡馆，虽然没有到晚间营业的高峰期，但摆放整齐的桌椅，似乎让人已经闻到了海味小菜和海鲜大餐的香气。明媚的阳光下，一切都有种别样娴静的美。

如果把海滩用沙湾的长度与弧度、配套设施、地方风情、阳光灿烂程度等软硬件来衡量，这里的海滩之美，相比东南亚的海滩，不仅包含潇洒、浪漫、随性、恣意的品格，更有一份高贵典雅的艺术气质，引领先锋与时尚，巴塞罗那的海滩，实在讨人喜欢。

当然，城市的艺术气不仅体现在自然风景、街头装饰、博物馆里的瑰宝，也渗透到居民生活的各个层面，就连一座普通百姓日常生活必须的菜市场，也彰显着不凡的创意。

圣卡特利纳市场（Santa Caterina Market）在老城区里，夹在一片拥挤的住宅群中。夺目的是华丽、灿烂、缤纷的大屋顶，呈波浪般翻涌起伏，又好似彩云天边漂荡，特制的六角形瓷砖，传承了加泰罗尼亚的地方特色，拼贴出现代抽象的图案，瓷砖颜色多达67种，隐喻着不同的蔬果。确切地说，屋盖更像一张铺开的超级彩色大桌布，营造出非常"生鲜"的感觉，随时准备着让人胃口大开，饱餐一顿。即使是路过的游人，也会被这些鲜艳的颜色所感染，忍不住到市场里转一转。

这又是一个旧建筑改造项目，巴塞罗那本土设计师恩里克·米拉莱斯在1997年赢得竞标。新的设计完全以构建一个适应现代生活、协调当前环境为主导思想，只留下了老市场的三面外墙和内部的几榀木屋架，从空间构成、结构选型、材料应用到外观形式等各方面，创造新奇是主流，就连老墙面上的商场自动门，也被改造得加入诸多新元素。

主要入口之侧，保留的老墙面退缩至奇特的麻花状钢柱之后，得以在狭窄街区提供相对开阔尺度的广场，波浪屋盖出挑深远，其下方大范围的开放空间显示出强烈的过渡性。整栋建筑地下为停车场，地面层为市场，局部是二楼的办公储藏空间，以钢架与木梁共构的屋顶板，线条优美，这样大胆前卫的技术与风格用在菜市场上还真是前所未有。

同样是改建工程，瓦伦西亚的科伦市场是新在旧中巧妙契合，修道院之美术馆是"润物细无声"般新融入旧，而圣卡特利纳市场，历史只有残留的片段，却不能够让人"管中窥豹"想象它完整的曾经，新在这里并没有承上启下，而是借旧创新，旧是陪衬是附庸，新是主角是明星，不得不承认，新得超脱，新得漂亮，新得耀眼，但新也没有割裂旧。

○ 圣卡特利纳市场，改造的门

　　表面形象不俗，实际功能更没有被设计师忽视。菜市场最能反映当地的民生，这里禽蛋肉类、蔬菜瓜果、海鲜、糖果饼干、半成品一应俱全，市场内干净整洁。货物码放得井井有条，一眼看去琳琅满目，丰富异常，卖菜的大婶们也都穿上漂亮并缀有蕾丝花边的围裙，形象优雅整洁。当然，物品价格相比较国内可不便宜，蔬菜差不多都在每公斤1欧左右。

　　这里还设有超市、酒吧和餐厅，买完菜，可以安安静静喝个下午茶，与邻居闲话几句。我从来没想过，在巴塞罗那的市场买菜，原来可以是一件舒适时髦的事情，这里的家庭主妇们真让人羡慕啊！

　　冒充了一小会儿巴塞罗那主妇，看看天色未晚，我们决定继续寻访高迪的踪迹。文森斯之家（Casa Vicens）深藏在城北Gracia老区密密麻麻的旧房子中。在L3线的Fontane站下车，我对着地图走了一段路，没有十分把握，又问了一位文质彬彬的西班牙老绅士，他戴上老花镜仔细看清楚我手里地图所指，又亲自带领我走到正确的路口，我才摸索进了建筑所在地的那条隐蔽小巷。

　　文森斯之家是高迪设计的第一栋民居。相对于他的米拉之家摒除直线的设计明显不同，建筑是以几何抽象的形体构图，棋盘格状面装花饰，突出墙面屋面的小圆塔为主要特征，低处的水平条纹和高处陶瓷状的竖向线条，对比分明而富层次感。由于屋主是瓷砖制造商，花花绿绿的瓷砖被高迪运用得得心应手、缤纷绚烂，屋檐、窗口，甚至阳台底面，都是瓷砖装饰，配合着精致的铁栏杆，让人体会到建筑师对细节的把握颇费心力。

　　这里现在是私宅，并不对外开放，透过微启的院门，小小的院子里停着一辆很旧的红色大众车，院内浓密的枝叶向外张扬，衬托着建筑持续独特的魅力。

　　我们回到格拉西亚大街时，已是华灯初放，这是欣赏高迪的另一个著名

高迪，文森斯之家

巴特洛公寓，客厅的窗

巴特罗公寓，屋顶马赛克

作品——巴特罗公寓最好的时间，灯光下一座充满神秘气氛的房子，诡魅瑰丽在夜幕中显现得更为奇妙。

巴特罗公寓（Casa Batlló）建于1904—1906年。受当时一个富有的纺织业制造商巴特罗（Josep Batlló）的委托，高迪在一座原有的19世纪建筑上进行了全面的翻新。改建后的建筑焕然一新，完全是高迪建筑风格的体现。

建筑物采用了高迪一贯喜好的曲线风格，从里到外都找不到直线构成的边边角角的痕迹。从外墙面看，高迪摒弃了其常用的砖材而采用了蒙杰伊克山的石材作为建筑材料，但给人的感觉却好像是由柔软顺滑的皮革做成的。上面几层造型怪异的小阳台的铸铁栏杆被高迪用石膏封起，增加了视觉上的柔软度和流动感。外墙面的马赛克镶嵌，在不同光线下，呈现不一样的色彩。

走进建筑物的内部，柔和的曲线美依然渗透在每个细节中。通向主楼层的流线形楼梯扶手就犹如从楼上铺下来的一条蜿蜒小溪。各具功能的内室之间，用流线形木制或镶玻璃的门相隔，线条十分流畅，达利（Dalí）就曾经赞称这些门为"软牛皮做的门"。有的房间的屋顶呈旋涡状，就像意大利冰淇淋一样，墙壁的衔接处也都被砌成圆圆的曲线，好似一条条皮肤光滑的海蛇穿行其间。屋内屋外的柱廊、家具、壁炉，小到盆景等摆设都似一个个流动的曲线音符，装点着整个建筑乐章。

在墙壁饰以深蓝色瓷砖的内院，考虑到光线反射的关系，从上到下蓝色逐渐变淡，到最底部几乎以白色为主。墙壁上不同尺寸形状的窗户也因考虑到了光线射入院子的多少而设计形状与大小，充分地利用窗户来处理自然光线是高迪天才建筑头脑的又一体现。

屋顶的鱼鳞状小瓦片呈自然的曲线排列在一起，代表着在波浪中起伏的巨龙身躯，面向街面的一侧还呈现出迷人的蓝色和粉色等梦幻般的颜色。令人称奇的是，就连这些罗列在一起的小小瓦片，竟也没有一块是直边直角的！流线形屋脊则像是起伏的龙脊背，头顶小圆球的烟囱则代表恶龙被刺中后最后挣扎时摆动的尾巴。整体看上去，屋顶又像是插着一根羽毛的帽子，扣在建筑物上面。

小贴士

1. 巴塞罗那德国馆　开放时间：10:00am—8:00pm；周三与周五5:00pm—7:00pm，有免费讲解。门票：3.5欧，"大眼睛"优惠价：3欧。因规模很小，有兴趣的最好一早开门就进去，否则人多就没法看了。地铁在L1、L3的Espanya（西班牙广场站）下，走300米左右。

2. 米罗基金会　开放时间：周二至周六　10月—6月，10:00am—7:00pm；7月—9月，10:00am—8:00pm；周四10:00am—9:30pm，周日：10:00am—2:30pm，周一及1月1日、12月25、26日闭馆。门票：7.5欧，"大眼睛"优惠价：6欧。馆位于蒙杰伊克山上，附近没有直达地铁，可以在L1、L3的Espanya（西班牙广场站）下，换乘50路BUS约3—4站抵达（票在75分钟内有效）。

3. 巴特罗公寓　开放时间：9:00am—8:00pm；门票：16欧，"大眼睛"优惠价：13.8欧。这是在巴塞罗那最贵的门票，但绝对值得一看。

第五章　品味巴塞罗那（下）

第一节　从先锋到古典——穿越巴塞罗那新老城区

我今天主要的目标是红蓝游览线没有涵盖的景点，剩下的时间就把"大眼睛"经过而没时间去的地方捡自己感兴趣的拾遗补缺。自助西式早餐已经吃得没了胃口，我勉强就着带来的榨菜啃了两片面包，心里暗暗发誓，回国后至少半年再也不吃面包了。

我们依然乘郊区火车到加泰罗尼亚广场换乘L1线地铁再换乘有轨电车，路两侧的建筑已经变成了简单方盒子形象，超过九层的楼也不少，还有施工塔吊转动的工地，很显然，这一片很像国内所谓的"开发区"，这正是巴塞罗那城市更新计划的实施地，在城市沿海东部的边缘。

2004年，在巴塞罗那召开了"全球文化论坛"，围绕着"可持续性发展"、"多元性的文化"、"寻求和平的条件"三个主题，在141天内举办了一系列大小会议、展览、音乐会、庆祝活动等，世界各地6万人包含多位艺术家和各界知名人士参加了此次活动，这次论坛成为世界多种文化进行对话、交流、发表评论的平台。

这样一项超大规模的文化盛事，无疑为这座城市带来了很多前卫的建筑设计。论坛主会场，这个平面呈三角形的庞大无比而风格另类的建筑，就是其中最主要的标志性建筑。

这座深蓝色大三角给人的第一印象似乎是长得绵延望不到尽头，设计师是来自瑞士的赫尔佐格和德穆隆，他们也正是2008北京奥运会主会场"鸟巢"的设计人。这个深蓝色几何实体似乎悬浮在空中，走近细瞧，一层是各

全球文化论坛主会场

会议中心，东侧立面

种反射材料包裹的墙面与柱子，造成了底部虚幻通透的感觉，而上部的实体则深远地出挑在墙面外，呈漂浮状，造就了一层巨大的半开敞空间。那个深蓝的表面材料，是类似海面的一种软材料，表面肌理呈絮状，伸展的墙面中间镶嵌着很多被切开的凹槽和不规则的玻璃条形窗，从远处看去，似乎是从屋面流下一道道瀑布，视觉效果十分突出。

而在这个大三角形内部，也穿插了很多形态不规则的采光天井，光线透过天井射入建筑内部，产生光与影的变化。天棚的底表面，也被如气泡状、浮云般的金属材料所包裹，金属板没有一块是相同的。这再次印证了设计师对建筑"表皮"擅于创造与利用的风格。

没有惊人的姿态，没有生动的曲线，没有体量的雕塑，建筑只给人强调了一种真实表皮的效果，但觉得这种处理手法有点"过犹不及"。的确，他们在实现最初创意时运用手段的能力无人能及，但完成的东西，抛掉它的复杂性与特殊性，真的具有美感吗？真正的使用者认同吗？还是使用者们的意见被淹没在具有话语权势的设计师意识之下了？

主会场对面另一个主要建筑是巴塞罗那本土设计师马泰奥设计的国际会议中心（CCIB），它包含一个三层的巨大会议空间和后方两座分别为旅馆、办公楼的高楼。整组建筑在水平与垂直方向形成对比，更呈现一种几何的、均衡的构图。建筑与大三角相对的一面，是热闹的色彩、跳动的构架雨棚，以强调入口的醒目。

而面对大海的一侧，国际会议中心的表面是起伏的、连绵不断的，似乎暗含着海浪的波动；前面的宽阔场地，树立着抽象的现代装置，场地是彩色沥青铺成的巨大图案，人工沙滩的创意很别致。

论坛已经结束2年多了，我们现在来到这里，发现两个主要的会场内部都空着，外部也相当萧疏，几乎没有看到工作人员，眼前景象也难以让人想象活动之后的场馆使用、维护是如何进行的。同时，这里的建设还远没有结束，这项庞大的城市更新计划还包括主会场周边一系列环境改造，包括散步大道、露天广场、码头区、海水浴场及三个花园绿地的建设，还要新设东部大学、康复中心以及为这一系列相应建造的能源回收站，当局的计划是以这次国际事件为契机，把这一地区发展成像奥林匹克港那样欣欣繁荣。但就目前所看到的，离目标还差之远矣，真是任重而道远。

　　沿着海岸向西走，这片地区还有巴塞罗那市的第三大公园——达尔哥玛公园（Park At Diagonal），它又是巴塞罗那本土设计师恩里克·米拉莱斯的作品，相比较我们前面参观过的他的城市设计，这座公园最大的特征是空间十分开阔，水面占据了1/2以上，规模、气势与附近城市尺度相当。

达尔哥玛公园

　　大片的水域、众多的喷泉；跳跃的水花、跌落的水帘；弯曲的驳岸、幽静小径穿插游走在公园之内，地方材料彩色陶瓷拼贴的花坛被游动的钢管缠绕，有的被吊在空中，有的直接触地，十分醒目而具特色。这里也是市民游乐、休憩的好地方，小艇、水上运动、儿童游戏设施、长椅、凉亭等与花草树木相映成趣，一切都令人觉得是那么清新气爽，开怀舒畅。

　　巴塞罗那城区内的房子，基本都是七八层高，齐刷刷地一抹平。能够打破平缓天际线、代表着当今技术、科技领先的摩天楼，包括高迪的圣家赎罪教堂、奥林匹克港的"巴塞罗那塔"等实在是凤毛麟角，伸出一个巴掌都数得过来。而这有限的几幢摩天楼中，艾格巴（Torre Agbar Tower）无疑是城市中耀眼的明星。

　　这是一幢33层144米高的办公楼，椭圆的外形，简洁圆润。法国建筑大师让·努维尔（JeanNouvel）从巴塞罗那附近的蒙特塞拉特山自然风景获得了灵感。其外表既展现了业主——巴塞罗那自来水公司（Aguas de Barcelona，简称 Agbar）的形象，同时也表达了努维尔对西班牙最著名的建筑师高迪的敬意。

　　大楼的外墙覆盖着抛光的铝板，并涂成25种不同的颜色，从底部的红色渐变至顶部的蓝色，在这层墙面之外，是由透明度各异的无数玻璃壁组成的，玻璃可以随旁边支撑调整角度，反射出彩色的光，而进到一层大堂内，可以看见窗户布置不拘一格，光线的射入让室内呈现一种光怪陆离的情趣……可惜，这里也管理得相当严格，我们无法上楼参观，手头的资料告知我们这幢高楼从设计到材料、设备、工艺，蕴涵了许多高科技元素，而我们只有在远处来领略它魅惑的幻彩。

　　我们走访了几幢巴塞罗那最先锋的建筑，下午的计划是游览老城区。巴塞老城区又称哥特区，地铁坐到L3线的Drassanes站，出来就可以看见高高

艾格巴

利塞奥大剧院

皇家广场，喷泉

圣加鸟马广场

的哥伦布雕塑，这是著名的兰布拉大街（La Rambla）沿海岸的起点，从这里开始我们追溯历史的徒步游。

兰布拉（Rambla）原意是"冲沟，溪谷"。这么著名的大街却有一段并非浪漫的故事。事实上，它是在一系列水沟的基础上改建的，是巴塞罗那市所建的第一条宽敞大街，现在这条路的两侧是窄窄的机动车道，中间为宽畅的步行区，街边林立着一排排遮阳的悬铃树，露天咖啡座、出售各种纪念品的小摊、书报亭、鲜花店等充斥这里，露天献艺者的表演常常引得路人全神观看、拍手称快，来往簇拥的观光者，一同把这里的气氛营造成巴塞罗那最热闹的境地。

在兰布拉大街中部是利塞奥大剧院（Gran Teatre del Liceu），这座剧院建于1847年，是欧洲仅次于法国巴黎歌剧院的第二大歌剧院。150多年来，这里已经成为了巴塞罗那市文化遗产中必不可少的一部分。我们在门口徘徊游荡了好一会儿，对着大大西班牙文的演出广告牌一阵辨认带联想，终于弄清了内容，十分遗憾，虽然有不少歌剧演出，可都不在这两天，只能眼巴巴地错过了。

与利塞奥大剧院隔兰布拉大街相望的是皇家广场（Pla a Reial），它是一个周边带有拱廊建筑的长方形广场。建筑为新古典主义风格，线条简约，色彩淡雅。广场上林立着高高的椰子树，中间有高迪设计的古怪造型路灯，这是他当初走出校门的第一个作品。

广场中央有以嬉戏的希腊三女神像为主题的喷泉，相对兰布拉大街的躁动、喧嚣，这里安静、平和，有点"大隐隐于世"的味道，无疑是游人驻足休憩的好地方。

哥特区里的小街纵横交错、曲折深邃，但并不阴暗。各色店铺餐馆酒吧，林林总总，沿街而立。 路边食市、咖啡厅里人头攒动，像是一卷展开的电影胶片，不停地变换着精彩的场景。

穿过那些又窄又小却又干干净净的巷子，来到圣加乌马广场（Pla a de Sant Jaume），这里是古代罗马人聚会的中心论坛，也是中世纪城市的行政中心。广场北侧立着自治区政府大楼，南面是市政厅。这两幢建于14世纪的建筑，历经时光的消磨，依然呈现出原汁原味的古典风格，它们隔广场而相对，仿佛还在为巴塞罗那的城市发展商讨着什么。从古至今，圣加乌马广场都是巴塞罗那举行各种政治及公共活动、民俗节庆及游行的地方。方正的广场，弥漫着一份庄严而舒朗的气息。

圣加乌马广场，廊桥

自治区政府大楼东侧巷子里，还有精美的哥特式廊桥。

整个老城区的中心地带是国王广场（Pla　a　del Rei），这里是几个世纪以来巴塞罗那的最高统治者上朝和举行各种仪式活动的地方。它是一个四面被古建筑静静包围着的小广场，广场深处的一个角落是1/4圆弧形状的台阶，非常有特色，这里常常成为游客与孩子们休憩的场所，坐在上面，浮想联翩，追忆似水流年，应该很有怀旧的味道吧。

广场的四周围绕着许多中世纪时期的宫廷建筑，有的城垣是古罗马时建造的，青灰的色彩，古朴的雕刻，时时提醒人们历史的久远与沉重。

哥特区里的大教堂（Catedral de la Seu）也是巴塞罗那的标志性建筑，不凑巧的是，它的正面在维修，被巨大的幕帘遮挡着，虽然幕帘上描绘着建筑原本的模样，但还是大大影响了它的巍峨壮观形态。只有那几个哥特风格的尖顶，跳跃舞动着直冲云霄，似乎摆脱了教堂特有的严肃，为老城增添了戏剧化的梦幻效果。

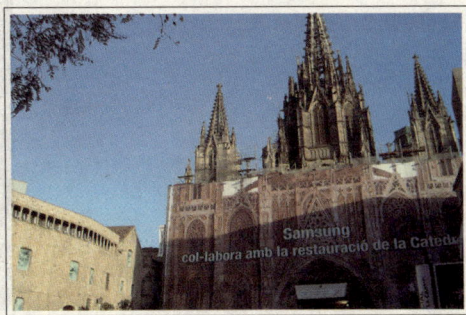

大教堂

　　大教堂的新广场（Pla a Nova）更吸引人，这里是各种表演、节庆活动、市场的聚集地，似乎这里一整天都连续不断地有街头演出，歌声、舞蹈、乐队的吹吹打打，鼓掌声、喝彩声此起彼伏，艺术的热情、欢乐的情绪在这里荡漾。

　　与哥德区相隔Via Laietana街的是海岸区，这里更有数不清的商店、艺廊、酒吧，深藏在曲径通幽的条条小巷之中，兼具古朴、沧桑感的建筑，与新潮、设计感的商品结合，步步有景，或精致散漫，或雄伟张扬，或幽静含蓄，或熙攘热闹，人犹如置身于艺术迷宫之中。

　　海岸区依然有着教堂广场，船员和水手保护神的海之圣母玛利亚教堂（Esglèsia de Santa Maria del Mar）修建于14世纪，教堂一侧的毛莱拉斯广场是为纪念18世纪西班牙王位继承战争的胜利而修建，暗红色的地砖铺砌在倾斜的表面，自然形成具归属感的空间，广场中央是一座高高的纪念碑，为纪念被菲利浦五世屠杀的巴塞罗那人而立，顶端的火炬长明不熄。

海岸区，海之圣母玛利亚教堂 ○

第二节　毕加索博物馆

　　海岸区也是巴塞罗那众多博物馆的聚集地，我们的既定目标是大名鼎鼎的毕加索博物馆。鉴于在瓦伦西亚不幸错过陶器博物馆的教训，虽然明天就是周日，很多博物馆免费，但我宁可不省银子也绝不愿万一再错过这个重要的地方。我们在狭窄的小巷里穿行，虽然按照地图标明的正确方向前进，但还是问了两次路，才终于找到了目的地，这里可是人头攒动，西方人的怀旧以及对天才的崇敬真是到了无以复加的地步。

　　博物馆是一幢古香古色的老房子，没有明显的招牌，一点不像大师的画风那样张扬，门口平凡得几乎让游人轻易错过，入内是幽静的庭院，抬头可以看见华丽的哥特式纹饰窗棂和廊柱。1960年，毕加索的秘书兼密友萨巴提斯(Jaume Sabartes)将自己收藏的毕加索作品捐给了巴塞罗那市政府，政府遂将这栋14世纪建筑物改建成了毕加索博物馆，1963年开始对公众开放，成为世界上第一个毕加索博物馆。1970年，毕加索向博物馆捐了1700多件作品，于是市政府又拿出其相邻建筑，来扩充博物馆，建成了世界上最大的毕加索博物馆。

　　这里一层是游客服务中心、休息室，一间规模很大的有关毕加索纪念品销售的商店，还有间咖啡屋，可以坐在露天的庭院里享受温暖的阳光。从院子里的楼梯上到二层，才是毕加索作品的展厅，这里严禁拍照，每个角落都是表情肃穆的工作人员，我索性收起相机，专心赏画。

　　展室一间连一间，一间套一间，比较楼下的古雅，二层的布局就比较现代了。藏品非常丰富，从素描到油画、雕塑到抽象装置、水彩、版画、陶艺品等，不一而足。出乎意料的是，这里的大部分作品，并不是常人所了解的

毕加索博物馆，庭院

毕加索博物馆，上层展厅

毕加索扬名立万的"立体主义"风格，多数都是纯正的写实派，无论风景、人物，还是那些静物写生，严谨的构图、老练的笔触、精准的线条、调和的色彩……毕加索的基本功的确扎实而深厚、技巧纯熟而完满。我们从中看不出与传统的学院派有什么明显差异。

原来毕加索只在巴塞罗那居住了5年，后来成名于法国，他最好、最成熟的作品多流散在国外，在他成名后，西班牙才全力收集其少年时期的习作、画作。在这里，更能了解到天才的早慧，他16、17岁时的油画，已经在西方经典道路上走到了几乎颠峰。

特别是一些作品的草图很有意思，能看出画家创作的过程，天才也不是一蹴而就的，他也是在修修改改中才寻觅到作品的最佳切入点与表现力。其中一幅大型油画《科学与仁慈》最能说明这点，从初期的几张草图到最后的完成稿，母亲的病容、保姆的怜惜、医生的沉重，被一步步表现得淋漓尽致、深入细微。由不得让人感叹，大师名气得来真是有道理，一个抽象派顶尖人物是从最基本开始的，要是连画工水平都没有达到，天马行空的想象与创新肯定是没根基、没缘由的，何谈推翻过去、颠覆传统呢？

人们通常只看到大师的独创，却看不到他独创前的艰苦学习和大量模仿。有些人更将独创与模仿对立起来，不知道模仿是独创的前提、基础。没有模仿就没有独创，独创是在模仿过程中因积累到足够的量变，进而探索发生质变的。

博物馆里最有趣的作品是马德里普拉多美术馆的镇馆之宝委拉斯凯兹的《宫女》，这幅世界名画在这里被做成若干幻灯片，用毕加索的方法，断裂、扭曲、变形，面目全非之后又一步一步地叠加起来，成为一个循环放映的动态装置，让我等这些不懂立体主义画的门外汉，知道这些是如何逐渐变幻的。立体主义没有人们想象中那么复杂，也没有表面的那么粗陋和简单，成为天才的个人历史，也是经过传统的蜕变一步一步悄然发生的，一切的变化皆有因缘。

留给我印象最深刻的是其中一间展厅，这个房间被套在另一个大展厅内，不太容易被人注意。展室并不大，作品大约也就20幅左右，画幅大小基本都是32—16开，暗黄的草图纸，简单的线条画，几乎谈不上色彩，描绘的都是人类性活动的各种场面，挑逗、拥抱、接吻、前戏、交媾等，有些内容显然超过色情标准，几乎达到X级别，即使在当今网络传媒迅速而透明、一切都可以拿来摊牌的时代，这种题材的画登上如此大雅之堂，还是令人有些吃惊。

更令我惊讶的是他的画风，虽然画幅很小，草图纸看起来相对简陋，单一的黑色线条，勾勒出来的人体，绝不抽象，更不超现实，而是仔仔细细，一丝不苟的完全写实。柔韧的线条发挥了魅力，以精准、简练的笔触，把人物的姿势、动作，包括处在当时情况下的神情，表现得活灵活现，自然逼真，既不忌讳也不存偏见，私处被点染了一点点鲜艳的红色，让人暗暗猜测画家原本的用意……

转念想来，毕加索其人少年时代就早熟，一生有过无数女人，常常前缘未了，又结新欢。他在生活中全身心地享受性的乐趣，表现在作品里也就不足为怪了。这点也正好印证了评论家的建议——"一定要参观巴塞罗那的毕加索博物馆。在巴黎，你看见毕加索伟大的作品。在巴塞罗那，你看见毕加索的人生。"

第三节　加泰罗尼亚音乐厅

　　离开毕加索博物馆，我们继续寻访一处十分重要的地方——加泰罗尼亚音乐厅（Palau de la Música Catalana），这幢建于上个世纪初的现代派风格建筑，近年来得到了部分改造与增建，同伴预先做的功课已经把这项列在计划里了，当然我们不可以忽略。

　　加泰罗尼亚音乐厅也在海岸区，离毕加索博物馆大约一站地，从Via Laietana大街路边的一个很狭窄的小巷子里进去约20—30米，一片表面带有凹凸感浮雕的红色墙面顿时吸引住我们的目光，正是音乐厅新加建的部分，我们就从这里开始参观。

　　新建部分紧挨旧建筑西侧，主要在正面南端和靠近舞台的北侧增加了联系楼上楼下的交通空间及部分附属用房，音乐厅原先华丽的砖砌西墙面，突出1米多悬空外包裹了一片透明的玻璃幕墙，与南北两端新建筑围合成了一个室外庭院，成为西侧一层餐厅的扩大区，遮阳伞下面是散布着的咖啡座。这个广场不仅可以休闲，北端突出一块半圆形小小的露天舞台，而南侧一级级升起的台阶，自然充当了看台，台阶顶端有一尊高舞指挥棒的人像雕塑，这里也是一个可以进行露天演出的室外音乐厅。

　　环顾四周，拥挤的闹市区里突现出现这一处开放性的广场，就好像音乐的节奏本身也有张有弛、快慢结合，悠游在这里，脑子里想象着西班牙吉他飘荡的声音，毫无疑问，这个音乐厅的新建部分，在改善了老建筑内部使用的同时，营造了一方适应现代人心理需求的城市空间。

　　原先的音乐厅是巴塞罗那另一著名现代派建筑师多蒙尼克20世纪初的作品，虽然已经参观过他的那座美丽医院，但同样被联合国教科文组织列为

加泰罗尼亚音乐厅改建，新与旧

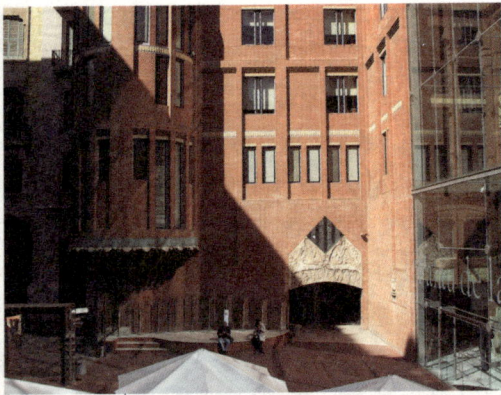

加泰罗尼亚音乐厅改建，室外演出舞台

加泰罗尼亚音乐厅，
转角雕塑

世类文化遗产的音乐厅，当然也是自己极其感兴趣的。慢慢绕回到正面的小巷子里，路太窄了，即使抬头，也看不到正面的全貌。等走到正门口，拼命抬头向上张望，一个繁华似锦的杰作劈头而下，砸在我的脸上，夺走了我的呼吸。

让我如何描绘这幢房子的精美与绝伦，仅仅正门的这一面，已经足够奢华艳丽。我怎么描绘屋檐下尽情高歌与欢快舞蹈的彩色马赛克大型壁画，我怎么描绘圆拱中三位古典乐大师瓦格纳、巴赫和贝多芬逼真形象的半身雕塑，我又怎么描绘色彩缤纷、布满花纹的圆柱与墙壁呢？尽管已经在巴塞罗那领略了众多风格各异的名家名作，但现在我只能说，加泰罗尼亚音乐厅依然重重地撞击着我的心弦。

从门口向里窥望，大厅里面依然精雕细琢、美轮美奂，入内参观需要买票，可对自己这样一个古典乐迷来说，仅仅走马观花是绝对不能满足的。这样一座演出古典乐的华贵殿堂，不听一场正宗的音乐会，是无论如何也没法向自己交代的。我已经错过了利塞奥大剧院，这里的音乐厅不可以再失去。

在售票厅里要了免费的演出册，虽然是西班牙文的，我连蒙带猜也看得明白，查到今晚的演出，当看见"Aranjuez"这个单词时，立刻眼睛瞪大、心跳加速，这是西班牙最享誉世界的盲人作曲家罗德里戈的代表作，世界最著名的吉他协奏曲，也是自己最喜欢的作品之一，已经听过无数遍而且烂熟于心。出发之前，就希望能在西班牙听到这支世界名曲，机会现在就在眼前。在售票窗口得到今晚有票的肯定答复，真是开心啊！票价从最低的25欧到最贵的45欧，看着窗口电脑的座位显示屏，演出大厅共有三层，为了能够既有利于视线全方位地观察大厅，又能在最佳声响区内欣赏乐曲，我特地挑了个票价42欧、二层中间的座位，绝不能吝惜，在这里可要好好慰劳一下自己。

买好票，与同伴汇合，西班牙的商店周日全关门休息。今天是周六，行程中没安排购物，我们只好利用晚饭前后的一点时间去逛逛百货公司，而此时的自己，已经开始魂不守舍，对晚上能进到里面参观与聆听热爱的乐曲充满了期待……

晚间的巴塞罗那市中心，处处热情欢欣又活力四溢，我从加泰罗尼亚广场的英国百货公司一路悠闲漫步，再度来到加泰罗尼亚音乐厅。里面通明灿烂的灯光，把正面装饰得花团锦簇。

音乐厅内部一层，正面中间是个很大的餐厅，可以和下午看到的那个室外庭院连通，其余就是服务的办公室、观众的存衣处等。迎面是宽敞气派又饰满了雕刻、彩绘的大楼梯，分两边将观众引导来到二层的前厅，正中央是合唱队员对着翻开的乐谱高歌一曲的大型碎瓷片壁画，似乎天籁之声扑面而来，立刻将人带进了音乐的氛围中，这里四周还树立着几尊音乐家的雕像，浓浓的艺术氛围立刻包裹着周身。

进到演出大厅，更是令人眼花缭乱，且不说周边环绕的一扇扇华贵雕花彩色玻璃窗；且不说屋顶侧面一个由浅粉色花环装饰的穹拱形壁灯；甚至也不说顶棚中央优美弧线垂下饰有音乐天使头像的巨形彩色玻璃吊灯，光线的透射，灿若珠宝，单单那个舞台，就已叫人目瞪口呆！气势如虹、飞扬升腾的雕塑群，从天花板连接到舞台口两侧，一边是贝多芬雕像，其上方是纵马扬蹄的女神像；另一边枝繁叶茂的树下，立着沉思的作曲家安塞姆。令人拍手称绝的是弧形舞台后的墙壁，一群手持各种乐器演出的少女雕像嵌满了整个鲜红色马赛克墙面，少女们的上半身是突出墙面的陶土浮雕，白皙的皮肤，高挽的云鬓，凹凸有致的面孔，弹拨乐器的神情栩栩如生，而下半身已收进与墙面齐平，由绚丽马赛克拼贴出各式各样美丽的裙子，构成完整的图形。这样两种不同艺术形式构成的形象，华贵又脱俗，令人耳目一新，看也看不够。演出还没开始，厅内洋溢着的西班牙民族特色的艺术气息，就已经使人恍惚醉入音乐的梦中了。

这里的听众，从衣着上就明显可以区分成两类，正装礼服、发型整齐的必定是当地人；如自己这样简单随意的，一定是慕名而来的游客。巴塞罗那到底是座国际旅游城市，游客与当地人基本各占一半，比在瓦伦西亚的游人多了不少。

今天演出的乐队就是巴塞罗那城市管弦乐团，他们是音乐厅的常驻乐队，很显然，这应该是他们例行的常规演出。周末音乐厅的晚间演出有两场，这是第二场，晚10点整拉开了演出的序幕。

短小的开场曲一结束，紧接着就是我热切期盼的《阿兰胡埃斯协奏曲》，一位年轻而帅气的吉他演奏家上场，从容坐定，屏气凝神，少倾，抬指轻拨，一串清朗而畅达的音符流溢出来，如此熟悉的旋律回荡耳边，阿兰胡埃斯的美丽花园仿佛围绕在身旁，而自己的思绪又飞回到很久的从前。

还在大学读书的时候，我就迷上了古典乐，贝多芬、莫扎特等的交响乐作品，是我的兴趣所在，听着音乐的同时，再翻翻相关参考书籍，渐渐搞清楚了一支管弦乐队的各部分组成，知道了弦乐与管乐的区分，知道了木管与铜管的差别，也知道了单独一种乐器以独奏的形式、配合整个管弦乐队，就是所谓某种乐器的协奏曲，这种题材，以小提琴协奏曲、钢琴协奏曲最广泛地被古典乐作家创作，当然也有小号、单簧管等的管乐协奏曲。

如果再想弄个乐器可以自弹自唱，毫无疑问，价格实惠又简单易学的，就是吉他了。班上有好几位男女生都买了吉他，相互切磋，勤学苦练，不久他们就能像模像样地弹奏完整的曲子了。《爱的罗曼丝》、《绿袖子》等都是那时从同学的吉他声里所熟悉的，我觉得吉他的声音轻盈、玲珑、通透，很适合表现单纯的情感。

我那时还有个习惯，没课的下午，总是按时收听中央人民广播电台一档有关古典乐的节目。有一天，我照例准时打开收音机，节目一开始，预告今天要介绍一支古典吉他协奏曲，什么？吉他也有协奏曲？从没听过也没在书上看过！我立刻情绪高涨起来，全神贯注地聆听……

这支曲子的名字正是《阿兰胡埃斯协奏曲》。阿兰胡埃斯是西班牙首都马德里以南不远处的一个小城，曾经是皇家的避暑胜地，那里植被丰富、气候宜人，有着宫殿、园林，百姓生活祥和惬意，是座充满着绿树、鸟叫、虫鸣的花园。

曲作者罗德里戈1901年出生在西班牙，3岁时的一场疾病令他双目失明，但命运让罗德里戈天才的音乐潜能得到充分发挥。他以阿兰胡埃斯为背景，结合自己的生活经历创作的吉他与大型乐队协奏曲，一经问世，旋即风靡整个世界，为吉他音乐树立了一座颠峰式的里程碑。

充满西班牙民族性格的抒情音调中，独奏的古典吉他之声，时而清澈沉静，像是与管弦乐器之间进行温婉的对话；时而高昂激越，自由自在地驰骋于各乐器、各音域之上。小小的吉他，在庞大的交响乐队面前毫不微弱，并表现出与之平起平坐般的抗衡气势。真没有想到吉他竟能如此演绎，如此地引领乐队进入一种热情与浪漫、优美与忧郁结合在一起，从而使人欲罢不能的境地。

我完全被这支洋溢着快速节奏与悠扬旋律的曲子所打动，尤其是吉他与乐队恰到好处地交织的声音，仿佛这声音是浑然天成，并非人为一般。吉他和交响乐队或分奏或合演，浑厚的背景，精灵的吉他，中间有灵动清脆的长笛，双簧管如清澈的露珠，小提琴忧伤而婉转，足以编织童话般的梦境了，这是任何格式的音轨都无法替代的享受。

当演出结束，我还久久不能回过神来。第一次的聆听，就让自己牢牢记住了《阿兰胡埃斯协奏曲》，记住了西班牙盲人音乐家罗德里戈。

时光如梭，在以后的日子里，自己拥有了从磁带到CD等好几种这支曲子的录音，无数次的聆听，对它的热爱，丝毫没有随着岁月的增长而有一分一厘的消减。现在，我居然能坐在西班牙巴塞罗那的加泰罗尼亚音乐厅里，现场欣赏这部被赞誉为西班牙第二国歌的名曲，真是十分激动。

虽然乐队、乐手都不是什么大牌与名家，但从现场的效果听来，却毫不逊色！毋庸置疑，这正说明了西班牙人对这支曲子的热爱、熟悉的程度，阿兰胡埃斯的精髓已深深融入到西班牙音乐家的血肉、灵魂里了。

吉他在那位年轻演奏家手中发出的声音，时而深沉，时而透亮，时而舒展，时而缭绕。吉他碎碎的声音和交响乐浑厚的声音配合起来天衣无缝。弦音阵阵此起彼伏，吐露着幽怨凄美的情感，展现出热烈奔放的活力，特别是曲中洋溢着浪漫斑斓的色彩——也许这种音乐色彩感正是用来弥补视觉的色

○ 二楼大厅的马赛克壁画（明信片）

彩感的，更令人感受到盲人曲作家的内心世界从不曾黑暗。

这就是音乐的力量，这就是阿兰胡埃斯的魅力！

一曲终了，乐队和乐手赢得了听众们热烈的喝彩与欢呼，再三谢幕之后，吉他手加演了返场曲目，重复《阿兰胡埃斯》的第二乐章，这是吉他史上最令人心驰神往的旋律。

幕间休息之后，下半场演出继续，短小的一段贝多芬作品之后，是大名鼎鼎的贝多芬第五交响乐《命运》。当悲壮的"命运在敲门"之动机从乐队中响起，这一声和弦已使我内心泛起微微失望，显然，乐曲所要传达的那种命运的激烈、力度、紧张性、倔强感，都没有得到充分的体现，音色且不说比不得柏林爱乐、维也纳爱乐这样世界一流的大乐团，就是与东欧的二流乐队相比也有明显差异。西班牙虽然盛产艺术大家，像著名的"三高"中多明戈、卡雷拉斯都是西班牙人，更有世界级的女中音贝尔甘扎，女高音卡巴耶、安赫莱斯等，可从瓦伦西亚到眼下的巴塞罗那，交响乐队演奏德奥作曲家作品的水准与众多西方乐团相比较，尚存在不小的差距呀！

时间已经到了晚上11点半，虽然乐曲刚刚开了个头，我不得不在"命运"沉重又抗挣的旋律中起身离开，否则将赶不上零时的末班郊区火车。足够了，《阿兰胡埃斯协奏曲》的纯熟演绎已让我尽兴，但内部灿烂辉煌的建筑却还没看够，由于内部严禁拍照，我只能在对面的小店铺中买齐了有关音乐厅的所有明信片，音乐与建筑，会长时间地回旋在我的脑海中，不易忘怀的。

末班郊区火车上的小插曲

我独自一人在加泰罗尼亚广场准时换上了回酒店的末班地铁，或许今天是周六，每节车厢只有寥寥4—5个人，其中不少16、17岁的青少年，他们三五结伴成群，大声唱歌叫嚷，打破了车站和车厢里的平静。

第三站过了的时候，不知道为何原因，与自己同车厢的几个少年，也许是因为喝了酒，已经不满足于相互之间的嬉闹追打，而是对着列车车门用脚狠踹，这可有点过分了。车厢这头包括自己在内的几个乘客都投去诧异而谴责的目光，他们依然我行我素，还嫌闹腾的不够，又通过车厢之间的连接门闹到下一截车厢去了。

地铁在第五站一停，我们这节车厢门刚刚打开，立刻上来五个上下黑衣裤、全身利索打扮的男人，他们个个身材魁梧，手中腰间可是荷枪实弹，毫无疑问是警察。肯定有好心人报告了情况，涉及公共安全，警察来的真迅速呀！

嘿嘿，有好戏看了，这个车厢的乘客都伸长了脖子，只见警察分两边猫腰在座椅上，通过车厢间的玻璃门，可以看到那帮半大小子们还在狂歌乱打，当他们又一次飞起腿对准车门的时候，这边的警察立刻开门、冲上前去，各有目标，一下把几个闹事的小青年给制服了，一场风波转眼间平息。

呵呵，第六站，我到目的地了！这样的经历，于自己而言，无疑如同音乐会后一个新鲜幽默的返场曲。

小贴士

1. 毕加索博物馆 开放时间：12月25/26，1月1日及周一休息，周二至周日10:00am—8:00pm。门票：6欧。每个月的第一个周日免费，10:00am—3:00pm。这里戒备森严，不许拍照、抽烟、喝水、打手机、带宠物和雨伞。

2. 加泰罗尼亚广场东侧之英国百货公司是个大型百货商场，里面商品应有尽有。地下一层是个大超市。

3. 加泰罗尼亚音乐厅，12月25、26；1月1、6日休息，参观开放时间：10月—6月，10:00am—3:30pm；7月—9月，10:00am—7:00pm，每半小时一次，有导游带领，讲解语言为加泰罗尼亚语、西班牙语、英语。票价：8欧，"大眼睛"折扣价：6.4欧。演出票价：18—50欧不等。

4. 关于购买纪念品
巴塞罗那的各主要景点基本都有附属的纪念品销售商店，如高迪的圣家赎罪教堂、米拉之家等以及各种博物馆，虽然兰布拉大街、老城区里也到处充斥着各样的纪念品销售点，但针对特定的人物或景点，其纪念品还是就在那个景点的商店里买好。东西质量绝对有保障，价钱也不比小摊上的贵，这是我们几个朋友一致的经验。
明信片在很多地方都有卖。兰布拉大街上最多，但种类都是通常的。要买某个特定景点的明信片还是在景点附属的商店里最多，且质量不错，一般0.5欧一张，大点的0.6欧一张。

第四节　巴塞罗那现代艺术馆

　　今天是我们在巴塞罗那的最后一个完整游览日，想玩的地方还很多呀，尤其是博物馆还没看够。于是我们又早早地登上了郊区火车，第一个目标是现代艺术博物馆（Art I Cultura Contemporània al Barri Antic）。

　　从加泰罗尼亚广场出来，在旧城迷宫般的狭窄街区里穿行，不时经过教堂、老宅、咖啡屋，一处豁然开朗的大广场突现眼前，一座耀眼的白色房子，横向舒展在广场北侧，它正是巴塞罗那现代艺术博物馆。

　　我们早在法兰克福转机时就见识了美国建筑师理查得·迈耶的工艺美术馆，而巴塞罗那现代艺术博物馆是他在欧洲的另一个重要作品，是他"白色派"的纯正体现。白色常常被看做是尽善尽美、纯情纯真的象征，在巴塞罗那阳光灿烂的蓝天下，我们终于清楚地欣赏到迈耶对色彩与造型的追求。方正形体、平展的立面上，各种突进、后退或曲线变形的墙面组合起丰富的实体，很有雕刻感。

　　而内部高耸的中庭，似乎是周围旧城错综复杂的道路网在建筑上的延续，长长的折返坡道，是整个建筑中主要的正式循环通道，连接上下不同的展示空间，漫步其中，让人有在城市空间继续步行的感觉。

　　特别是自然光线透过玻璃、镂空的构架、纤细的金属遮阳板，投射在柱子、墙面、栏杆、地面上，形成了连续而鲜明的效果，光与影似乎在婆娑起舞，生气勃勃……中庭成了博物馆启发人们思索文化价值的象征，在尚未具体观赏展品之前，通过趣味的空间体验来让人对其中的展品产生更加深入的思索。

　　博物馆里展示的作品包容性很广，稀松自由地摆放在各自宽敞的空间

现代艺术博物馆

中庭

里。二层的一个大展厅里,大幅的黑白照片,展示了巴塞罗那当代几十年城市建设的进程,巴塞市区的很多角落或街道,我们都能在照片上找到它们历史的模样,让我们直观地了解了近年来城市的变化,很吸引人。

当然,更多的是十分现代前卫的作品,一个黑黢黢的小屋子里,一个巴掌大的屏幕,一把椅子,戴上耳机,拉上厚帘,让人欣赏古老的歌剧咏叹调;有意思的是在顶层一间大展室里,一个粗糙木头钉制的大箱子,两边有门,管理员将参观者分批领入,原来里面是个模拟电影院,只有两排座位,但前面有好多排小模型的座椅,立刻让人仿佛置身于一个大型电影院里。开演前,管理员告知大家关上手机。十多分钟的电影放映,内容倒是一般,但通过耳机,通过这个模拟的剧院空间,让人亲身感受到在电影院内的真实遭遇——有人迟到、有人咳嗽、有人打哈欠、有人嗑瓜子、有人打手机、有人在耳旁窃窃私语⋯⋯

有趣的还有一件展品,走廊上端吊下一台电视机,电视画面是人的两只光脚,在不停地上下跳动,而电视也随这双脚上下跃动,给人的错觉是那电视里的脚让电视在做运动。抬头仰望,呵呵,上端有个小小机械装置,随画面的节奏拉动电视使之上下跳跃!

馆内还有完整的视听空间,使人随着音乐和影像画面进入创作者所想表达的主题,以及不少抽象的绘画、雕塑、装置等,这些就只能凭个人想象来猜测含义了。尤其在入口的一侧,贯通一、二层的整片墙上,悬吊着床、枕头、纱窗扇等,底下还有示意图,看了半天,还是令人费解。

看完展览,我们再次游荡在广场,建筑旁边还有座老教堂,里面环绕设置了若干功放,音响效果让人如亲闻教堂唱诗班的天籁,营造出一种空灵神圣的氛围。只有三层高的现代艺术博物馆,以鲜亮单一的纯白色与巨大的体量,将周围小尺度和零碎的老街坊统合成为一组整体。前面的广场,成为复杂传统城市肌理中更新的现代空间，这里，不仅是进入博物馆的必经之路，也成为周边区域其他可游览的景点人们交流聚会的场所。

　　告别现代艺术博物馆，我们继续寻访另一座很有特色的私人博物馆。我们又一次经过了加泰罗尼亚广场（Catalunya），前几日的巴塞罗那之行，好多次路过这里，都是行色匆匆，不及停步游玩。今天恐是路过这里的最后一次，我们禁不住放慢脚步，再看一眼这个市中心著名的广场。

　　这里是交通与商业中心，地下有着数十条地铁交汇，广场上有众多公交线路，周围店铺林立，像Zara、MNG等西班牙名牌，在这里都有世界上最大的旗舰店，英国公司的百货大楼矗立在广场东侧，这是西班牙最大最豪华的连锁百货商店，兰布拉大街的北端就起始于这个广场。

加泰罗尼亚广场

满广场的树阴绿草，花坛里亮丽的鲜花争奇斗艳，熙熙攘攘的人流、成群的鸽子围着大型喷泉飞舞。据说游人如果喝了喷泉里的水，就能实现重返巴塞罗那的愿望。不管相不相信这种说法，到过巴塞罗那的游客恐怕没有不想故地重游的。

广场以北的城区是扩建区，与哥特区里迷宫般小径完全不同，这里的城区整齐规范，马路宽阔笔直，两边的建筑一致都七八层高，多为风格明快的文艺复兴式样。街区呈统一规模的八角形，街角的一块被切去，把十字路口围成一个小小的八角形广场。斜角的街口，不但可以停车，转弯也容易，过街的行人斑马线画得离路口远一点，留些地方给右转进来的车辆，就不会堵住直行的车辆而造成交通堵塞。

如果有幸从空中鸟瞰，我们将不得不佩服巴塞罗那人的建筑才能。这里每个街区都是悉心规划，一样大小的街区整齐但不重复，设计随意而又美观，壮丽与现代感共存。这样的城市建设成果，可见当初规划水平之高，而规划思想其后又是被多么忠实地贯彻与执行。

安东尼·塔比埃斯博物馆（Fundació Antoni Tàpies）只有很窄小的一面临着大街，这座红砖的房子又是曾经设计圣克鲁斯保罗医院和加泰罗尼亚音乐厅的建筑师多蒙尼克的作品，墙面上红砖砌筑的装饰纹、精美的铁艺窗栅、精细的雕刻，又一次让人领略到他运用加泰罗尼亚传统建筑材料所创造出的现代建筑的气质。

19世纪末，建造之初这里是一个家庭出版社，现在被目前西班牙在世的、最著名的美术巨匠之一安东尼·塔比埃斯接管，他在屋顶上用银色的钢丝做成巨大的如云伴雾造型，雕塑本身就是一件很出名的现代艺术作品，叫做"云和椅子"。展品完全体现出19世纪末著名的"巴塞罗那前卫艺术运动"的影响力，让这座夹在两侧高楼间的矮房子顿时具备了特立独行的性格特征。

安东尼奥·塔比埃斯1923年生于巴塞罗那，早年习画时曾临摹毕加索，后转入抽象绘画。在当代美术史上有着重要的烙印，他中年后至今，人们一直把他与葛雷柯、委拉斯凯兹、哥雅、达利、米罗、毕加索等大师相提并论。

他是西班牙加泰罗尼亚"非定型主义"抽象艺术中"材料绘画派"的宗师。所谓"材料绘画派"，就是尽量使用成团成块的油画颜料和物体，上色加彩，让人感觉到油彩的"厚度"与"重量"，再配合撕、刮、擦、写等质感表现手法，进行材料试验，探寻材料的多样性并把它们作为主角，给予特别的诠释。

博物馆正面

进入馆内，入口处空间十分紧凑，门厅左手是小书店，右边是服务问讯处，随即楼梯分上下，将整个博物馆的两层展览空间引入参观者的视线，入口在两层之间的夹层位置，使得整座展馆空间层次分明而又富变化。上层展室的后方是一排顶天立地的书架，这里还藏有一座图书馆。整个展厅通透开畅、上下交融，顶上有天窗引入自然光线，后面还有个安静、舒适的小庭院。

馆内的展品以绘画为主，画中都是各种抽象的象征符号，组合在作品中的材料有沙子、破布、旧衣服、竹片、旧家具、木板、油画布、硬纸板、木材、金属钢板等，构成的方式有涂色、刮痕、拼贴、印刷、撕裂等，效果常常突破木板或画布平面的二度空间，呈现三度空间的平面艺术。这些谜样般的符号、匪夷所思的图形，相比达利、米罗、毕加索的现代艺术，更让人看后不仅不知所以然，当然也不知其然。

呵呵，我们对这里的艺术虽不怎么明白，但对房子却比较喜欢，这座市内博物馆规模并不大，目测也就3000多平方米，但与展品陈设的结合恰到好处。比较现代艺术博物馆那种"博物馆是个筐，什么都可以往里装"的广博性与包容性，同来的友人一致认为，这是个根据展品特性、艺术家个人要

作品

求，因地制宜改建，独具特质的展览空间。

　　展览看完，剩下的时间我们决定上山转转。这座城市得天独厚，背山面海。除了城西奥林匹克运动场所在的蒙杰伊克山，扩建区往北，是城市的制高点提比达波山（Tibidabo）。地铁爬上地面，对着"大眼睛"的介绍，我们找到了有百年历史的有轨电车站（Tramvia Blau）。等了一小会儿，哐当哐当，电车不紧不慢地从山上晃悠转下来。那个电车果然够老的，木制的车厢、木制的座椅，里里外外除了驾驶台的操作盘，都是木制的。电车掉头，司机把电车的搭线换到另外一条架空电线上，乘客坐满，向山上出发。

半山腰

　　这里是城市的边缘，终于看见了一幢幢别墅式的花园洋房，地中海的样式，古典形制中又掺杂了现代色彩与材料，很新很耀眼，不知道这片是不是新兴的富人区呢？

　　车缓缓向山上驶去，硬邦邦的座椅、震动的车厢，舒适程度实在不值得一提，意在让人体会一把古老的传统。好在路不长，大约10分钟就来到了半山腰的终点站。接下来换乘索道车，车体本身与山坡一样的斜度，车内座椅呈阶梯状，可以让人一路观看山下的风景。很陡的一段山坡，单行的轨道在路程中间分成了两段，可以让上下对开的车在此错车，真是巧妙又精确的设计。

　　到顶了，一出车站，一座雄伟的圣心教堂就矗立在我们眼前，好像一块坚韧的巨石，突兀在湛蓝的天空下，彰显着一种凛然神圣的品格。虽然我对宗教的了解实在浅薄，但高耸的教堂，统领着周围的环境，起着主导、镇定、净化、升华的作用，这也许就是信仰的力量吧！

　　定眼细瞧，教堂分为上下两个部分，下部由米黄色的粗大毛石块砌筑，正面有着大幅的宗教壁画；上部是簇新的雪白石材墙壁，见棱见角地精细雕刻着花纹装饰，尖尖的顶部立着耶稣张开臂膀的雕像。一个教堂分上下两个分别做礼拜的厅，内部完全分离，俨然两座教堂上下叠加在一起，真是少见！

　　在下教堂里走了一圈，内部幽静，光线透过彩色玻璃映照进来，让这里散发出悠悠古韵。教堂终归只是看看，安静而虔诚的环境不太适合旅游者的闲步去打搅，我们于是退出。沿大台阶爬到上层教堂前的平台，这里已是巴塞罗那的最高点。

　　教堂前方有个游乐场，1901年就修建了，各种设施一应俱全，观景摩天轮、旋转木马等，游乐起来就相当刺激。尤其是那盘龙卷曲的过山车，一

圣心教堂 ○

游乐场 ○

半的时间悬身在山外，车一开，满山都是孩子们的尖叫声，充满了欢声笑语，陪同的大人们也乐得仿佛回到了童年。

放眼远眺，整座城市尽收眼底。从东到西，2004论坛的新区、炮弹形状的艾格巴、圣家赎罪教堂的非凡身影、奥林匹克港的巴塞罗那塔、蒙杰伊克山，还有山背后不远处的电讯塔，碧蓝如玉、一望无际的地中海看不到尽头……巴塞罗那的美景如此清晰地又展现在眼前，让我们从另一个截然不同的角度再一次重温了前几日去过的地方。

城市俯瞰，东部地区

海上兰布拉

　　我们享受着山顶的阵阵清风，满眼是壮美辽阔的城市，心中感到无比的畅快。这里有着艺术与自然的绝对完美结合，也有着现实和浪漫的理性交汇，我们慢慢地品尝，品尝，不止是眼中的美景，还有这里的无穷韵味。自己仿佛拥有了神奇的臂膀，环抱这个充满了人文、活力、魅力的城市，久久不愿离去。

　　当我们原路返回市内，从地铁L3线的Drassanes站出来，又一次踏上了贝尔港。天色将晚，海风习习，吹亮万家灯火。街头的装置艺术、港湾的游船、波光粼粼的海水、摇曳的树影……在那朦胧的暮色里，渲染着港口的迷离情调。

　　虽然是周日，市内绝大部分商店、饭馆都关门歇业，但贝尔港的餐馆、酒吧、电影院等服务游乐设施照常开放，这里仍然车水马龙、人来人往，城市的喧嚣与港湾的恬静交织在一起。我们决定再这享受一顿丰盛的西班牙自助晚餐，然后逛逛这里的大商场，闲庭信步于海岸边……

　　夜已深，我们终于要离开了，却有着千般万般的不舍，忍不住频频回望，再看一眼，看一眼鲤鱼跃龙门的"海上兰布拉"，看一眼高高的哥伦布纪念塔，内心默默悬求时光停止，却又不得不挪动告别的步伐。

巴塞罗那印象

　　我们乘的是转天中午离开巴塞罗那的飞机，早餐后还有1小时的空闲，等到早上9点半，旅馆旁边的超市一开门，一行人直冲进去疯狂搜罗。对购物最没兴趣的自己，也被感染地买了不少当地特色食品。

　　真感谢旅行社预先英明的安排，没有省掉最后半天的大巴用车。若一行人扛着大包小包自己坐地铁去机场，难以估计会有怎样的负担与麻烦。从巴塞罗那到法兰克福，一路行程紧凑而顺利，短短2小时转机空隙，我们又领略了法兰克福机场的雨后初晴。当飞机再度冲上云霄，我的心依然停留在对巴塞罗那的回味之中……

很多人小时候都玩过一种叫"万花筒"的玩具，一个小小的封闭圆纸筒，一头装着各色细碎的纸屑，透过另一头的圆孔看去，每旋转一个角度，内里反射的镜子让景象变换不同，奇迷而绚烂，永远也不重复！巴塞罗那呈现给人的，正是永远没有重复的新鲜与惊喜。

天才高迪的房子最先会让初来乍到的游人惊异不已，他用流动的曲线和五彩的颜色，设计出了巴塞罗那的城市气质，建筑涌动着万物的生机、自然的生命和对神的虔诚，散发着巨大而摄人的魅力。一个人能改变一座城市的风貌，真的难以想象。

然而这又不仅是高迪的城市。加泰罗尼亚独特的文化传统，处在比利牛斯半岛和西欧中心地带的优越的地理位置，使它在南欧独树一帜，个性十足。魅力无穷的海滨港口，令人流连的中世纪老城区，特别是1992年巴塞罗那奥运会的举办，让这个地中海边的历史名城重新焕发勃勃生机，一跃成为仅次于巴黎的欧洲第二大旅游目的地城市。大量新锐前卫的建筑涌现，并且至今还保持良好的持续建设、发展势头，引领现代艺术的潮流，同时各种流派、类型、年代的艺术之花璀璨开放，使巴塞罗那成为名副其实的现代艺术圣城。好似有着无穷的宝藏等着人去探索，去体验。畅游城市，最深的感觉是精神上的需求得到了满足。

这里的人们，精力充沛、魅力十足，主张平等却又强烈崇尚个人风格，骨子里隐含着某种矜持高贵，而待人接物却又平和、亲切、友善，充分让我们感觉到就像地中海的阳光照在身上般的暖意。

巴塞罗那是一座古老与先锋兼具的城市，遍布充满灵韵的建筑，更有着热情不失纯朴的居民。古典与现代、文化与自然如此流畅地水乳交融，建筑、绘画、海岸、古迹、美食、时尚、音乐、舞蹈……万花筒的每一次旋转，都会带给人们无限的神奇与快意，也是我们此次西班牙之行最值得珍视与回味的地方。

这是一座没来之前无法想象的城市，置身其中会心醉神迷的城市，而离开之后又是那么难以忘怀的城市。

小贴士

1. 现代艺术博物馆 开放时间：周二休息，周六10:00am—8:00pm，周日及节日10:00am—3:00pm，周一至周五11:00am—7:30pm，闭馆前30分钟停止入内。门票：7.5欧，"大眼睛"折扣：6欧。

2. 安东尼·塔比埃斯博物馆 开放时间：周一休息，周二至周日 10:00am—8:00pm；门票：6欧。

3. 很多景点及博物馆都有免费的介绍可以领到，对于理解展品、了解博物馆历史很有帮助。不少博物馆还有免费的语音解说（英文）。

4. 如何去提比达波山（Tibidabo）
如果坐"大眼睛"，在红线的"Tramvia Blau—Tibidabo"站下；如果坐地铁，乘L7在AV Tibidabo下车，这里过马路的广场上就有古老的Tramvia Blau 有轨电车站，票价来回3.5欧，"大眼睛"打折价2.5欧。索道车（funicular）上山顶，票价来回3欧，"大眼睛"打折价2欧。山顶至心教堂登顶电梯2欧。游玩提比达波山，从市中心来回坐车、上下山及游玩，最少需要3小时，要计划好时间，个人觉得很值得一去。

5. FRESC CO，贝尔港的一家自助西餐厅，周一至周五，午餐8.3欧/人，周六、日及晚餐 9.95欧/人。有沙拉、披萨、面条、汤等，品种很丰富，味道也不错。这是连锁店，在兰布拉大街上还有两家。

附录：西班牙游记行程表

一、旅程路线

北京→法兰克福（Frankburt，转机）→ 毕尔巴鄂（Bilbao，夜班火车）→马德里→（大巴，经过托莱多）→瓦伦西亚→潘尼斯科拉→巴塞罗那→法兰克福（Frankburt，转机）→北京

二、时间行程表

2007—2—20

北京→法兰克福（Frankburt，转机，6小时的转机时间）→ 毕尔巴鄂Bilbao

1. 法兰克福中心火车站
2. 艺术研究院加建的美术馆
3. 邮电博物馆
4. 电影博物馆
5. 法兰克福工艺美术馆（理查得·迈耶）
6. 法兰克福商业银行总部大厦（福斯特）

2007—2—21

毕尔巴鄂 Bilbao

1. 酒店 Hesperia Bilbao
2. 沃兰汀步行桥 Volantin bootbridge
3. Isozaki Atea （矶崎新作品）
4. 古根海姆博物馆 Guggenheim Museum （盖里作品，荣获普利兹凯

奖，即建筑界的"诺贝尔"）

5. Sheraton Bilbao Hotel

6. 尤斯卡尔杜那宫 Palacio Euskalduna（会议中心及音乐厅）

7. Puente Euskldduna 桥

8. 老城区及 Moyua 广场

9. 福斯特地铁系统 The Foster of Subway system

10. 沃兰汀步行桥夜景

2007-2-22

毕尔巴鄂 Bilbao，晚上乘夜火车前往马德里

1. 城市俯瞰

2. 彩色树林（Painted Forest，在 Oma 区）

3. 桑迪加航空港 Scndica Airport

2007-2-23

马德里 Madrid

1. 欧洲门 Puerta de Europa(Paseo de la Castellana)

2. 快餐店 El bulli FastGood（著名设计快餐店，西班牙"食圣"开的）

3. 集合住宅 Edificio Mirador

4. 伯纳乌体育场（Estadio Bernabeu，皇马主场）

5. Hotel puerta（Avenida de America）美洲酒店

6. 西班牙广场 Plaze de Espana

7. 普拉多美术馆 Museodel Prado

8. 索菲亚艺术中心　Reina Sofia Art Center

9. 阿托查火车站　Atocha Station (Atocha Paseo infanta)

10. 中心区——马约尔广场　Plaza Mayor

11. 中心区——太阳门广场　Puerta de Sol

12. 国立通讯大学图书馆　University library, U.N.E.D (Sendudel Rey)

2007-2-24

马德里　Madrid(70公里)→托莱多Toledo(300公里)→瓦伦西亚 Valencia

1. 托莱多Toledo（被联合国科教文组织定为世界文化遗产的古城）

2. 托莱多之上山坡道

3. 瓦伦西亚歌剧院　El Palau de les Arts Reina

2007-2-25

瓦伦西亚　Valencia

1. 科学与艺术城——菲利普王子科学博物馆

2. 科学与艺术城——半球电影中心

3. 科学与艺术城——瓦伦西亚歌剧院　El Palau de les Arts Reina

4. 现代艺术学院IVAM (El Instituto Valenciano de Arte Moderno)

5. 圣女教堂 (La Basílica de la Virgen de los Desamparados) 及圣女广场

6. 国立陶器博物馆 Calle　Poeta Querol

7. 瓦伦西亚大教堂 La Catedral de Valencia

8. 科伦市场改造

9. 阿拉梅达大桥与地铁站 Alameda Metro Station

10. 中央市场(Mercado Central)及丝绸交易所

11. 火车北站

12. 品尝平锅菜饭（pealla）

2007-2-26

瓦伦西亚 Valencia（100公里）→潘尼斯科拉Peniscola

1. 瓦伦西亚码头 David Chipperbield

2. 阿尔布法拉自然公园 Al Parque Natural de

3. 瓦伦西亚城市建筑

4. 潘尼斯科拉Peniscola（地中海畔的风情小镇，橙花海岸上的古老坐
标）

2007-2-27

潘尼斯科拉Peniscola→巴塞罗那Barcelona

1. 地中海日出

2. 比嘉·塞西利阿公园 Els Jardins de la Vil la Cecilia

3. 利奥德·加乃伊劳大街 L'Avinguda de Rio de Janeiro

4. 朱丽亚大街 La Via Julia

5. Parque central de nou barris

6. 巴塞罗那维拉荷波射击馆 Vall d'Hebron Pavilion

2007-2-28

巴塞罗那Barcelona(15公里)→Mollet del Vallés(125公里)→Figueras(25

公里)→Girona(20公里)→Port Bou→巴塞罗那Barcelona

　　1. 蒙利特公园　Parco Mollet del Valles

　　2. 菲格拉斯

　　3. 菲格拉斯的达利美术馆　Dali Theater Museum (Place Gala-Salvador Dali 5, Figueras)

　　4. 修道院改建的美术馆　Rehabilitation of Sant Pere de Roads (El Port de la Selva, Girona)

　　5. 瓦尔特·本雅明之墓　Passages, Homage to Walter Benjamin (Port Bou镇)

2007-3-01

巴塞罗那　Barcelona，自由行

1. 圣家赎罪教堂　Sagrada Familia

2. 圣克鲁斯保罗医院　Hospital de la Santa Creui de Sant Pau

3. 古尔公园　Parc Güell

4. 古尔别墅　Pavellons Finca Güell

5. 诺坎普体育中心 (Camp Non，巴塞主场)

6. 米拉之家　Passeig de Gràcia

7. 品尝西班牙特色小菜　Tapa

8. 酒吧欣赏弗拉明戈舞

2007-3-02

巴塞罗那　Barcelona，自由行

1. 储蓄银行基金会总部　CaixaFourm

2. 巴塞罗那博览会德国馆　German Pavilion (Pavelló Mies van der Rohe)

3. 西班牙广场　Placa d'Espanya

4. 奥林匹克山及蒙特胡依克电信塔　Olympic Ring

5. 米劳美术馆与雕塑公园　Fundació Joan Miró

6. 海上兰布拉及港口区

7. 奥林匹克港之鱼构筑物　Metal Fish

8. 奥林匹克港之气象中心　Weather Station

9. 圣卡特利纳市场　Santa Caterina Market

10. 加泰罗尼亚音乐厅改造工程　Palau de la Música Catalana

11. 巴特罗公寓　Casa Battló

2007-3-03

巴塞罗那　Barcelona，自由行

1. 2004论坛主会场　Edibici Fòrum (赫尔佐格和德穆隆)

2. 国际会议中心　Parc Fòrum (乌泰奥)

3. 达尔哥玛公园　Park At Diagonal

4. 艾格巴　Torre Agbar Tower

5. 哥特区　Barri Gòtic

6. 毕加索博物馆　Museu Picasso

7. 文森斯之家　Casa Vicens

8. 加泰罗尼亚广场之英国公司购物　Placa de Catalunya

9. 加泰罗尼亚音乐厅　Palau de la Música Catalana(聆听《阿兰胡埃斯协奏曲》)

2007-3-04

巴塞罗那 Barcelona，自由行

1. 现代艺术博物馆（Art y cultura contemporània al barri antic，里查得·迈耶）

2. 安东尼·塔比耶斯博物馆 Fundació Antoni Tàpies

3. 提比达波山 Tibidabo

4. 兰布拉大街 La Rombla

5. 港口区的夜

2007-3-05

巴塞罗那Barcelona→法兰克福（Frankfurt，转机）→北京（2007-3-06，上午）